CONTE *verlag*

XAVIER GRALL

Das Unbekannte verschlingt mich

Brief an meine Töchter über die Liebe Gottes

CONTE

Die französische Originalausgabe erschien 1984 unter dem Titel *L'inconnu me dévore* bei Éditions Calligrammes in Quimper.

Übersetzt nach der ersten Ausgabe von Holger Naujokat.

Bibliografische Information der Deutschen Nationalbibliothek
Die Deutsche Nationalbibliothek verzeichnet diese Publikation in der Deutschen Nationalbibliografie; detaillierte bibliografische Daten sind im Internet über http://dnb.d-nb.de abrufbar.

ISBN 978-3-95602-153-4

Am Rech 14
66386 St. Ingbert
Tel: (0 68 94) 1 66 41 63
Fax: (0 68 94) 1 66 41 64
E-Mail: info@conte-verlag.de
Verlagsinformationen im Internet unter www.conte-verlag.de

Fotos im Innenteil: © Gabriel Quéré
Umschlagfotos: © Tydav Photos / Fotolia (vorne),
© Michel Therisquel (Klappe vorne), © Gabriel Quéré (Klappe hinten)
Lektorat: Tobias Raubuch
Umschlag und Satz: Markus Dawo
Druck und Bindung: Faber, Mandelbachtal

Bekenntnis

(entnommen der Zeitschrift »La Vie« 1969)

In meiner Familie war ich oft Ursache von Verwunderung. Das wird auch weiterhin so sein. Als meine Mutter mich diesen Sommer nach meinem nächsten Buchprojekt fragte, gestand ich ihr, dass ich gern ein mystisches Werk schreiben würde, das »Brief an meine Töchter über die Liebe Gottes« heißen könnte. Als das Erstaunen sich gelegt hatte, stieg ihr eine Freudenträne ins Auge. Mein Projekt bewahrheitet sich. Und Unruhe plagt mich. Die Zeit ist gekommen, um meinen Töchtern eine geheime Erbschaft zu überlassen. Ich möchte meine Türen öffnen. Lichter entfachen. In der Dunkelheit des Meeres Fixpunkte aufzeigen. Es gibt nur Gott. Ich habe mir ein altes Gebetbuch genommen. Ich fand darin die Gebete, die wir vor nicht allzu langer Zeit jeden Abend um den Tisch herum kniend aufgesagt hatten. Einige davon sind wundervoll. Es genügte schon, die ersten Worte zu lesen. Die restlichen kamen von allein auf meine Lippen zurück. Diese ganze Zärtlichkeit hatte in meinem Gedächtnis geschlummert. Jetzt allerdings werde ich mich an die

Arbeit machen müssen, das innere Feuer schüren, in einer Mischung aus Freude und Verzweiflung. Denn auf die Tage des Gebets waren Stunden der Nacht gefolgt, und Nächte des Zweifels. Und trotz allem mich geliebt wissen … Soll der Herbst doch kommen, egal! Da ist diese Sonne zu verteilen. Und jene hohen Ufer vor Augen zu führen. All meine verlorenen Schäfchen, seht nur, wie sie in meinen Stall zurückfinden. Mit ihrer Wolle sollen sie mich wieder wärmen. Ich werde alles sagen. Ich eröffne den Streckenabschnitt. Kinder, macht nicht so viel Krach. Ich brauche Ruhe.

Das Unbekannte verschlingt mich

Die Hymne meiner Freude

I

Meine Töchter, ich nenne Euch die Göttlichen. »Divine« – die Göttliche – war der Name, den Saint-Pol-Roux seinem einzigen Kind gegeben hatte. Ich werde Euch die Göttlichen nennen, jede einzelne von Euch, denn es ist jede einzelne von Euch, an die ich diese Zeilen richte, Zeilen der Meditation, der Beichte, abgelegt unter dem Zeichen Gottes.

Ihr lebt in einer merkwürdig ärmlichen Zeit. Man hat die fundamentalsten Fragen in den Schrank geräumt. Man hat aus dem Mond ein Fabelwesen gemacht. Aber die ganze Schöpfung ist fabelhaft, und wahrscheinlich sogar verliebt. Alles liebt. Alles ist von Liebe bewohnt. Die Reben sehen sich umrankt von nach Trauben gierigen Stöcken. Seht die Tiere, wie sie sich suchen, sich in Gras und Wasser umarmen. Die Unvollkommenheit der Natur ist die Zartheit der Sünde. Gott hat sich nicht völlig zurückgezogen, aus dem, was lebt, aus dem, was geboren wird, aus dem, was sich auf der Erdoberfläche regt. Er hat in allem und jedem eine Spur seiner Präsenz hinterlassen. Und alles ist Sehnsucht nach ihm. Und auch Ihr werdet diese Sehnsucht tragen, selbst wenn Ihr sie nicht erkennt. Übersetzt Euch diese Spuren!

Liebt es, durch die hereingebrochenen Nächte die Sterne zu betrachten. Das von Funkeln und Glitzern übersäte Firmament ruft den Vater, der sich in die dunkleren Schichten zurückgezogen hat. Die Konstellationen tanzen wie paradiesische Jungfrauen den Ringelreihen seiner Abwesenheit. Liebt es, dem Wind zu lauschen, wie er stöhnt, weil ihm der herrschaftliche Hauch entzogen wurde. Und betrachtet das Meer, wie es den großen Geliebten bittet, alsbald wieder auf den Wassern zu wandeln.

Meine Töchter, meine Göttlichen, warum fühle ich mich veranlasst, Euch dieses Buch als geistliches Testament zu hinterlassen? Welches Geheimnis drängt mich dazu? Welche Hand hat mich gestoßen und mir gesagt, es ist Zeit? Ach, ich habe noch nichts geschrieben. Nichts auf dem Sand hinterlassen. Nichts auf den Regen und den Wind gedruckt. Ich kenne nicht den Namen dieser schleierhaften Kraft. Es kommt mir vor, als schriebe ich, was sie mir diktiert. Es gibt nur Gott, er allein ist wahr, und jede Unternehmung ist Suche nach ihm. Suche, die sich mal verkennt, mal verliert, oder sich gar verkehrt. Aber so ist es.

Ihr werdet nicht über Theologie zu ihm finden. Wenn Gott erklärbar oder aufzeigbar wäre, wäre er nicht er. Nur durch zärtliche Liebe werdet Ihr ihn entdecken. Mit den Jahren werdet Ihr, eine nach der anderen, durch die Tore des Palastes schreiten. Er wird ganz hinten sein, ganz am Ende, wie eine große Sonne, die streichelt und befruchtet.

Habt Glauben, der Rest wird Euch dazugegeben.

Erst als mein Vater starb, habe ich in mir gefühlt, wie der Abgrund sich auftat. Und es müssen sich Abgründe auftun, damit die lebendigen Kräfte der Wahrheit sich hinein ergießen können. Wasser fließt immer nur da, wo die Erde rissig wird.

Ich kam zu spät, um seinen letzten Momenten beizuwohnen, wie man sagt. Er ruhte im Wohnzimmer, steif und friedlich wie ein alter Baum, der vom Blitz getroffen wurde. Die Wohnzimmerfenster waren geschlossen. Ein kurzer Strahl Tageslicht lief über sein Gesicht. Seine bleichen Hände umklammerten einen Rosenkranz. Von diesem in aller Seelenruhe ausgestreckten, verstorbenen Mann hatte ich mein Leben erhalten. Mein Blut pulsierte beim Betrachten dieses Gottessohnes, der seine Geschichte hatte, der geliebt hatte, gelitten hatte, und der nicht mehr war. Auf seine Weise war er Moses gewesen. Und er war der Zimmermann gewesen. Und nun würde sich das Verderben seines Körpers und seines Bluts bemächtigen. Nach zwei Tagen Totenwache, bei der die wunderbare Fürbitte »Meine Seele erwartet den Herrn mehr als ein Wächter das Morgenrot« gesprochen wurde, sind die grässlichen Männer in Schwarz gekommen, um ihn hochzuheben und in seinen Sarg zu legen. Dies ist ein grausamer Augenblick, bei dem die Adern der Lebenden den Drang verspüren zu schreien. Sie haben ihn über sich getragen, er war völlig regungslos, und das Bild, das ich von ihm hatte, fand sich beleidigt und gedemütigt wieder. Er war Vater gewesen, er war Bewegung gewesen, Lachen, Wut, Schmerz. Und jetzt wurde er von diesen Männern getragen, ein bemitleidenswertes Ding, beinahe lächerlich.

Seit diesem Tag fing ich wieder an, an die Liebe zu glauben. Die Seele meines Vaters wandelte in Dingen, die meine Augen schufen. Sie war in meiner Seele. Sie war im Geruch des Gartens und in den Augen meiner Mutter. Die Liebe rettete diesen Mann, der drei Tage zuvor seinen letzten Atemzug getan hatte. »Tu mir nicht weh«, hatte er zu Jean gesagt, meinem Bruder, der Arzt ist und sich anschickte, ihm eine

Spritze zu setzen. Und dann hatten sich seine Augen für immer geschlossen.

Das ist zwei Jahre her. Seitdem belege ich alles mit einer schweren Note, und glaubt nicht, dass diese Note notwendigerweise etwas Trauriges ist. Erst beim Dies-irae entdecken wir den Tag und bemerken, wie nackt wir sind, wenn der Vater gegangen ist und nicht mehr zurückkommen wird, um fröhlich und erhaben über die Türschwelle seines Hauses zu schreiten. Ja, und dann hat sich der Abgrund aufgetan, in den sich eine Flut aus zärtlicher Liebe ergossen hat.

Der Vater ist nicht unser Feind, wie die Doktoren unseres Jahrhunderts uns glauben machen wollen. Er ist der große Freund, der über den Garten wacht und uns seinen Leib zu essen gibt, damit wir nicht hungern. Er ist Botschafter eines fernen Landes, dessen jungen Thronprinzen er kaum kennt, und dessen Gesetze er mal mit Strenge, mal mit Nachsicht durchsetzt. Ach, wenn unsere Zeit der wütenden Waisenkinder weniger auf den Vater schießen würde, sie wäre bestimmt glücklicher. Der Vater hat den Auftrag Gottes, das Leben weiterzugeben und es zu unterrichten. Ich übe diesen heiligen Auftrag an Euch aus, und durch mich, meine Göttlichen, werdet Ihr Gott dienen.

Meinen schlafenden Vater, meinen Vater, den ich nicht wiedersehen werde, und den Ihr nicht wiedersehen werdet, dort unter den Blumen der Bretagne zu Staub geworden, bittet für ihn, denn Ihr sollt glauben, dass sein Geist, jenseits des fleischlichen Zerfalls, weiterlebt.

II

Meine Töchter, Ihr werdet diese Erde bis hin zur Leidenschaft lieben. Ich liebe es, daran zu glauben, dass im großen Plan Gottes unser Planet privilegiert ist. Und es drehen sich die Konstellationen um den Bewundernswertesten, Geliebtesten. »Von dort oben betrachtet ist die Erde wundervoll, und ganz blau,« haben die ersten Kosmonauten bekräftigt. Ihr werdet diese Heimat der Menschen durchwandern, auf ihren Wegen schreiten. Ihr werdet durch die Auen und Städte gehen, Freude mit Euren Händen aus der Erde wringen. All die Reisen, die ich nicht mehr unternehmen konnte, die Pilgerfahrten, könntet Ihr sie in meinem Namen machen …

Ich habe alles geliebt. Und ich war weise genug, wahnsinnig intensiv zu lieben. Wie kann man glauben, dass es Gott nicht gibt, wenn vor den Küsten meines Landes sich die Unendlichkeit des Meeres türmt? Wie kann man glauben, dass Gott nicht ist, wenn vor Unglück ein Kind in der geschlossenen Stadt schreit? Gott – ich suchte nichts als ihn, in der Wüstenstille, im Wermutglas, im Bett der Lüste. Wie viele Tage habe ich gebraucht, bis ich diesem Durst, dieser Unzufriedenheit einen Namen geben konnte! Ich habe geliebt. Ich rühme mich damit, geliebt zu haben. Welch Höllenfeuer, durch das ich mich schleppte. Doch über all dem Schlamm leuchtete eine Lampe. Meine Töchter, Ihr werdet dem nicht entkommen. Ihr werdet leben, und vielleicht wendet Ihr Euch eine Zeit lang von meinem gegebenen Wort ab. Ihr werdet dorthin zurückfinden, durch Tränen. Danach kommt die Freude, meine Göttlichen. Und für Euch, die Ihr zu den Schafen zurückkehrt, wird die Nacht lachen, vor lauter Glück. Der Morgen ist zum Greifen nahe. Und entwischt uns wieder. Und dann überkommt er uns eines Tages, frischer als die frischeste Quelle.

Ich habe alles geliebt. Das ist meine Ehre. Das werdet ihr mir nicht nehmen. Das nicht. Nicht meinen berauschenden Durst nach den Anderen, nach Feinschmecker Art. Alle Wege führen – zwischen Sommerhecken – der glücklichen Begegnung mit Emmaus entgegen. Wir sind gerettet, und wir sollen es nicht sagen?

Meine Töchter, meine Göttlichen, es ist eine Offenbarung. Ich habe meine Vorgeschichte, ich hatte meine tausend Jahre Höhlendasein. Und danach meine Zeit der Gedichte und der Bibel. Und nun ist mein christliches Zeitalter gekommen, die Seen von Samarien. Wie kann ich sie für Euch sichtbar machen? Den Sanftmut Christi, als er Lazarus mit seinen menschlichen Händen berührte? Und die Tränen, die aus seinen Augen flossen, als er erfuhr, dass sein Freund dem Tod anheimgefallen war. Ihr werdet Eure Finsternis haben und Euren Morgen besitzen. Jedes Wesen beginnt auf eigene Faust den Kreislauf der Menschheit erneut. In verkürzter Form.

Ich habe alles geliebt. Und gern wäre ich über das Sein hinaus gegangen. In es eingedrungen, wie eine Truppe Soldaten in eine Stadt, um dort zu verkünden, dass endlich das Morgengrauen gekommen ist, nach all diesen über so lange Zeit angehäuften Alpträumen. Eines Tages werde ich mich in das Gewand der Barmherzigkeit hüllen, und Ihr, zu Eurer Zeit, werdet Euch ebenso mit dieser wunderbaren Kleidung zieren.

Ich habe alles geliebt: Männer, Frauen, Kinder. Quellen, Seen, Wälder. Berge, Täler, Flachland. Ich trage die vor Intensität beinahe schmerzhafte Erinnerung an den Maghreb, und diese Erinnerung hilft mir in einigen Ähnlichkeiten, mir das fleischliche Leben Christi vorzustellen. Meine Nase hat die gleichen Gerüche eingeatmet wie seine Nase. Meine Augen haben die gleichen Landschaften unter der Sonne gesehen, und waren es nicht seine Brüder, jene Nomaden von Ksar-es-Souk, die, nach ihrem schweren Schlaf in der Tiefe einer Karawanserei, voller Schatten und Misere, auf die morgendliche Erde stampften?

Ihr werdet die Freude lieben, Ihr werdet die Liebe lieben. Ihr werdet über die Erde gehen und die Landschaften, die ich geliebt habe, neu erschaffen, das Licht preisen und Euch in Morgenröte kleiden.

Meine Töchter, meine Göttlichen, ich beschwöre Euch zu staunen. Alles ist märchenhaft für den, der zu schauen weiß. Die Frische des Blicks ist der Anfang aller Heiligkeit. Wendet Euch ab von den Maskierten, und von der Blödheit der geistlich Blinden. Ich neige dazu zu glauben, dass alles, was unsere Augen streift, und was unsere Hände berühren, voller Wunder ist. Dem Lobpreisenden gehört diese Erde.

Ich habe alles geliebt: von Träumen aufgeblasene Häfen, Antwerpen, Amsterdam, jene großen Lungen des Nordens, eiserne Muschelschalen auf sanfter und kabbeliger See, mit Reichtümern vollgestopfte Frachtschiffe, und die unsinnige Geschäftigkeit der Menschenstämme unter der Wut von Möwenschwärmen. Das Vibrieren der Schiffsleinen, das Jaulen der Hafenschlepper, die Rufe der Matrosen. Und Gott, der seine Kinder dazu antreibt ihn zu suchen, in der Sehnsucht nach fernen Klimaten, im Gold der Handelswaren. Und den Galopp der Glocken in den flämischen Kirch- und Rathaustürmen. Ich habe alles geliebt: die Zuflucht der bretonischen Häfen unter dem Schutz der Pinien, während die Fischkutter auf den Fluten der Gezeiten tanzten. Salz! Sonne! Und Segel, die wie unruhige Seelen über die Bucht von Concarneau kreuzten, umherirrten, um das Paradies zu suchen. Ich habe alles geliebt. Ich habe mich an Liebe satt gegessen. Der Reiseweg ist noch voller Spuren. Die Anker der Barmherzigkeit werden nicht vom Schlick bedeckt. Ich würde Euch gern ohne Angst und ohne Beben dem Leben gegenüber wissen. Wenn Gott es Euch gegeben hat, dieses Leben, dann weil es gut und fruchtbar ist. Atheismus bedeutet zusammenkauern, verharren, Boot auf dem Trockenen. Glauben bedeutet Tür auf, Schwelle überschreiten, sich freimachen, Klang von Schritten auf der Straße, frische Brise, lossegeln zu neuen Ufern. Meine Göttlichen, Glaube ist Abenteuer, kräftiger Windhauch, Taubenflug, pralle Segel. Brecht auf, im Namen Gottes.

III

Das Christentum entspricht mehr der Natur des Menschen als man es sich vorstellt. Welcher Blödmann behauptet da, es kappe einem die Hände oder führe zu Verstümmelung? Generationen und Generationen von Frömmlern und Pfaffen haben nicht vermocht das Antlitz Christi zu beschmutzen. All jene, die nach Beichtstuhl und Weihwasser stinken, werden vergeblich die Klarheit der Quellen, die Freude der Morgenröte verunglimpft haben. Meine Töchter, meine Göttlichen, meidet dieses erbärmliche Pack wie die Pest. Die sogenannte katholische Aktion ist nichts als eine Aktion der lahmen Krüppel. Dieses Ungeziefer nistet auf der guten Hoffnung wie Motten auf königlichem Gewand. Man muss sie gesehen haben, diese leblosen, humorlosen Habenichtse mit ihrem tristen Gesichtsausdruck, man muss ihr Geschwafel gehört haben, um der Kirche ein für alle Mal den Rücken zu kehren. Die frommen Pfaffen sind die Dümmsten der Dummen. Diese Ratten sind die Parasiten der Eucharistie. Mit Ratten lässt man sich nicht ein. Flieht sie und versucht – im Namen der Barmherzigkeit – auf Eurer verzweifelten Flucht Eure Abscheu zu verbergen. Doch ich bitte Euch: nehmt anschließend ein Bad.

Die Frömmlerei ist ein blühendes Geschäft. Eine Aktiengesellschaft, dessen Wohlstand sich – und das ist ein Zeichen – mit dem des florierenden Bestattungsunternehmens Borniol vergleichen lässt. »Lass die Toten ihre Toten begraben«, heißt es in der Schrift.

Ach, wenn es nur möglich wäre, die Kommunion auf den Kopf zu stellen, wie würden die Lilien in unserem Tal erblühen! Doch wie zum Teufel sollen wir es anstellen, vor unserer Türschwelle zu kehren? Die Pfaffen haben ihre Riten, ihren Heiligen Sulpicius, ihre Schreiber, ihre Truppen und ihr Geld. Dunkle Macht mit nachtschwarzem Gesicht, eifersüchtige Macht, unterirdische Macht. Diese Rabenbrut hinterlässt überall ihren Dreck. Sie hat ihre Botschafter sogar im ehrwürdigen Hause des Stellvertreters Christi auf Erden.

Der Klerikalismus ist noch lange nicht verschwunden. Jeder gute Beobachter der modernen Gesellschaft wird bemerken, dass er sich in unserer Welt sogar mit verblüffender Fruchtbarkeit vermehrt hat. Nur weil diese Hampelmänner sich ein paar rote Tupfer auf ihre Hüte gemalt haben, sind sie nicht weniger verachtenswert als ihre Vorgänger. Sie laufen auf der Straße herum, den Mund voll beschwichtigender Worte wie »Dialog«, »Seelsorge«,

»Reform«, »Öffnung«, und hoffen, dass das, was sie als Zugeständnisse betrachten, ihnen die Kirchen und Seminare füllt. Sie gehen auf Kundenfang, wie schlechte Ärzte. Sie bevorzugen die Predigten der guten Pater, die in »ihren« Radio- und Fernsehsendungen ausgestrahlt werden, der Lektüre der Evangelien. Auch dafür gibt es immer einen Dominikaner. Diese Bauernfänger leben in der Angst, aus ihrer Zeit heraus zu fallen. Und sie mögen sie nicht, diese Zeit. Ein frommer Pfaffe hat Angst vor allem und jedem: vor den Frauen, vor dem Leben, vor Gott, vor der Hölle. Er ist Kleinanleger bei der Ewigkeit. Er hat seinen Sparstrumpf. Er füllt ihn mit Ablassalmosen, Spenden fürs nächste Weihfest, Heiligenbildern. Der Pfaffe ist ein Spießbürger der Gerechtigkeit und Barmherzigkeit. Er ist in der Tat das Gegenteil eines Glaubensmenschen, und die Hässlichkeit seines Gesichts zeigt, dass er niemals von den Freuden der Geretteten gekostet hat. Da wo Leichtsinn herrscht, predigt er Zurückhaltung. Da wo Maßlosigkeit herrscht, predigt er Mäßigung. Meine Töchter, meine Göttlichen, diese Freimaurer der Sakristeien leiden unter moralischer Verstopfung. Ihre Moral, die lieben sie, die schätzen und verhätscheln sie. Aber die Regeln dieser armseligen Figuren formen eine Moral, die dem Glauben vorangeht und sich an ihm bedient, bis er abstirbt. Das Tragische ist, dass diese Scheinheiligen das Feuer verstecken, die Quelle verschleiern, sie abschirmen. Mit ihrer Beamtenmentalität verlangen sie Eintrittskarten von allen, die am Mahl teilhaben wollen. An den Toren der Kirche stellen sie Wachen auf. Sie sammeln Kollekte. Sie schwingen Reden, schreiben Lobgesänge, verfassen Predigten.

Weil Gemeinschaft in Mode ist, treten Frömmler in Gruppen in Erscheinung. Sie können nicht allein beten, können nicht allein das außergewöhnliche Abenteuer ihres Schicksals erleben. Sie sind die Kameradschaften der Kirche. Sie haben ihre Zelle, ihr Quartier. Und vorwärts, das Laientum in Scheiben schneiden. Teamwork. Zweifelsohne machen sie sich nicht klar, dass sie allein sterben könnten. Sie würden gern in ihrer schicken kleinen Gruppe, eingehakt beim Nebenmann, nach Pfadfindermanier zum Ewigen Vater gelangen, »verlorene Hunde«, die Gilbert Cesbron an der Leine hielte.

Meine Töchter, hütet Euch vor den Kirchendienern. Mit ihrem Glockenläuten übertönen sie das rege Flüstern der Evangelien.

IV

Jenes Gewand der Traurigkeit, das sich über das Christentum gelegt hat, wo kommt es her? Ihr werdet heranwachsen, studieren. Ihr werdet Euch für andere Ideologien begeistern, für andere Heilsbotschaften. Doch ich lade Euch ein, über die Freude des Christentums zu meditieren.

Es ist doch eine Freude, dass diese Religion uns versichert, dass wir persönlich geliebt sind, sogar so sehr geliebt, dass jemand Tag und Nacht über uns wacht, und dass wir auferstehen und die Gräber besiegen werden. Ich werde nicht vergehen, mitsamt meinem Körper. Und jede einzelne von Euch, mit ihrem Lachen, ihrem Charme, ihrem Anmut, wird auferstehen. Welcher Philosoph verspricht Euch besseres? Welcher Arzt verspricht ein schöneres Schicksal?

Das Christentum ist die einzige Religion, die den Menschen ehrt und ihm dient. Denkt doch darüber nach, dass Ihr »nach dem Ebenbild Gottes« geschaffen worden seid, dass Ihr dem gleicht, der der die Sonne und das Meer gemacht hat, dass Ihr seine geliebten Töchter seid, dass er für immer Euer Vater ist. Wenn das ein Märchen ist, dann ein wirklich wundervolles. Und wenn es wahr ist, dann solltet Ihr allerdings Euer ganzes Leben lang vor Freude tanzen. Denn schließlich nenne ich Euch nicht zu Unrecht »göttlich«. Marxisten haben da weniger Glück. Beim Versuch, das Wesen der Energie, die unsere Welt bewegt, zu beschreiben, reden sie von »Elektrizität«. Ach, meine Töchter, ich bevorzuge es, Euch als Kinder eines unsichtbaren Vaters zu anzusehen, als die eines mysteriösen Stromgenerators! Übrigens ist es offensichtlich, dass jene »Elektrizität« als Königin der Welt diejenigen, die als ihre Sprösslinge propagiert werden, nicht gerade von sich begeistert. Man könnte sehr aufschlussreich die jungen Leute von Prag und Warschau dazu befragen. Vor der Erfindung dieses Geschwafels hatte man doch tatsächlich die Vernunft als Göttin des Universums eingesetzt. Dieser neue Kult hielt jedoch nicht lange an. Die Pariserinnen haben jedenfalls einen weniger abstrakten und fröhlicheren dem Charme der Vernunft vorgezogen. Wie sehr ich sie verstehe …

Ja wirklich, diese Freude, dieser Jubel, das ist die Kraft des Glaubens. Ach, meine Worte sollen singen, meine Zeichen sollen jauchzen wie die Sonne des Südens in den bunten Fenstern der Kapellen. Welch Geschrei wird sich erheben, wenn wir endlich den großen Geliebten preisen können. Jeder Christ ist Prinz in seinem Königreich. Schon jetzt sind wir, jeder Einzelne, mit Körper und Seele in die Choreographie der Ewigkeit eingebunden. Und der Ruhm der Sonne reicht an den unseren nicht heran, denn sie ist blind. Das Leuchten der Sterne ist weniger lebhaft als das unsere, denn ihr Leuchten geht wieder verloren. Meine Töchter, lernt die Freude zu loben, und denjenigen, der sie uns gibt.

Um jene Freude, jene königliche Zuversicht, jenen Genuss zu entdecken, reicht es, die Heilige Schrift zu lesen. Lest das erste Buch Mose. Es ist das Buch, das uns in die Königswürde einsetzt. Die klugen Geister werden sagen, dass alles darin nur symbolisch sei. Na und? Arme Kerle, sie gestehen nur dann Symbolen einen Wert zu, wenn sie chemisch sind. Im Ernst, das erste Buch Mose müsste auf dem Lehrplan eines jeden staatlichen Bildungswesens stehen. Ebenso wie die Psalmen. Ich würde gerne hören, wie jene Zeilen auf Deutsch, russisch, usbekisch, kongolesisch und bretonisch gelesen werden. Insbesondere diese hier, die des sechsten Tages:

»Dann sprach Gott: Lasst uns Menschen machen als unser Abbild, uns ähnlich. Sie sollen herrschen über die Fische des Meeres, über die Vögel des Himmels, über das Vieh, über die ganze Erde und über alle Kriechtiere auf dem Land.« Gott schuf den Menschen nach seinem Ebenbild; er schuf ihn nach göttlichem Vorbild, er schuf Frau und Mann. Gott segnete sie: »Seid fruchtbar und vermehrt euch, bevölkert die Erde, unterwerft sie euch und herrscht über die Fische des Meeres, über die Vögel des Himmels und über alle Tiere, die sich auf dem Land regen.« Gott sagte: »Hiermit übergebe ich euch alle Pflanzen auf der ganzen Erde, die Samen tragen, und alle Bäume mit samenhaltigen Früchten. Euch sollen sie zur Nahrung dienen. Allen Tieren des Feldes, allen Vögeln des Himmels und allem, was sich auf der Erde regt, was Lebensatem in sich hat, gebe ich alle grünen Pflanzen zur Nahrung. So geschah es. Gott sah alles an, was er gemacht hatte: Es war sehr gut. Es wurde Abend und es wurde Morgen: der sechste Tag.«

So begann das Fest. Und es dauert an.

V

Es ist zu oft gesagt worden, um es anzupreisen, das Christentum sei eine Religion der Katakomben. Wenn das so wäre, wie könnte diese Religion dann uns Sonnenkinder beseelen? Ich mag die unlautere Romantik dieses Bildes nicht. Wenn unsere Brüder sich in den unterirdischen Gängen der römischen

Gruften vergraben haben, dann weil sie ihr Leben retten und nicht ihren stinkenden Verfolgern in die Hände fallen wollten. Wie sonst hätten jene, die den Boten der Auferstehung und des Lebens zum Freunde hatten, sich wie die Ratten in einer Art abscheulichen Nekrophilie eingraben können?

In Wirklichkeit begann in jenen dunklen und leprösen Höhlen ihr Martyrium, denn um sich an solchen Orten versammeln und lieben zu können, musste man die Scheußlichkeit der Nacht ertragen, die schrecklichen Ausdünstungen der sich zersetzenden Körper, die Attacken aller Art von Ungeziefer. Man muss diese Stätten des Todes besucht haben, diese antiken Todeskammern voller Schädel und Gebeine, um zu verstehen, dass die Religion nicht etwas Finsteres ist, sondern eine enorme Hoffnung, so verrückt, dass sie nicht zögerte, sich an den abscheulichsten Orten zu verbergen um zu überleben. Liebende tun dasselbe, wenn das Schicksal sie mit seinem Hass verfolgt.

Meine Göttlichen, wenn Ihr nach Rom kommt, werdet Ihr die klassische Pilgerfahrt zu den Katakomben meiden. Dem Abstieg in die Hölle werdet Ihr einen Spaziergang im lateinischen Licht bevorzugen. Besser noch: Ihr stoßt vor bis in das Städtchen Assisi, und im blauen und vergoldeten Umbrien, voller Thymian- und Olivengeruch, durchtränkt von der Erinnerung an Franz, den ersten Hippie, erahnt Ihr die wunderbare Übereinstimmung, die zwischen Schöpfer und Schöpfung herrschen kann.

Ja, das Fest dauert an. Und ich wünschte, es wäre noch fröhlicher und freier. Meine Göttlichen, Ihr könnt tanzen, zum Klang der Harfe. Ihr könnt lieben, Ihr könnt feiern. Lobet die Liebe, das Begehren, die Freundschaft, die Begegnung. Das Christentum, kaum dass es sich von der ganzen Liebegott- und Engelfabuliererei befreit hat, ist die beste aller Herbergen. Dort wird gratis pro-Deo serviert. Öffnet Eure Herzen und bewahrt einen klaren Blick! Am Ende ist der Körper, über den man so viel Schlechtes gesagt hat, der von den Pharisäern so bespien wurde, Eure Zierde, eine Amphore für das Öl, ein Tabernakel für den Geist. Ihr müsst Euch selbst so nehmen, wie Ihr seid. Ihr brennt mit Eurer Flamme. Ihr esst Euer Korn. Jede einzelne von Euch, an ihrem Ort, in ihrem Zustand, ist einzig. Es gibt nur eine Sünde, nämlich nicht zu lieben. Es gibt nur ein Unglück, nämlich sich selbst nicht zu lieben.

VI

Meine Töchter, ich gebe es zu, ich bin immer noch in Samarien. Ich gehe mit jenen unbeschwerten Menschen, die auf den Lippen den Geschmack von Wein und Gelächter haben. Wie Ihr wisst, frequentiere ich nur selten die Sakramente. Sicher werdet Ihr in Versuchung geraten, es mir gleich zu tun.

Aber dennoch warte ich. Ich lauere dem Morgenrot, im Dorf. Ich bin ein Morgenspäher. Lasst mich die Tafel richten, den Mistelzweig auf den Eichentisch legen. Bei jedem Schritt, den ich höre, erschauere ich. Warten, hoffen, so ist das Leben.

Liturgie ist Ausdruck. Der Kult taugt nur so viel wie der Glaube. Mir scheint, dass man ihn aus den Kirchen verbannt hat, ebenso wie das Mysterium, und die Poesie. Die Kleriker wollen modern sein. Und verständlich. Sie glauben, dass bis vor kurzem nur eine Mixtur aus Trotteln und Schwachköpfen die Tempel besucht hat! Jetzt ist alles klar geregelt. In diesem Spektakel bietet sich der Offiziant mit einer Schamlosigkeit dar, derer er sich noch nicht einmal bewusst ist. Wir sind zwar zum Festmahl eingeladen, aber nur als Zaungäste. Außerdem sind wir ja nur dumme Jungs, soviel ist sicher. Man packt uns am Schlafittchen. Alleinsein verboten! Die Einsamkeit, das Geheimnis der Zwiesprache, heutzutage sind das Fehler. Immer in Gruppen, Herden, Teams! Und der Text! Wie armselig. Wie kann die schönste aller Religionen einen so flachen Text vorschreiben? Ein Gedichtchen für Marias Kinder, das habt ihr daraus gemacht. Und die Gesänge! Jeder Dorfpope glaubt heute, welche komponieren zu dürfen. Zärtlichkeit und Melancholie werden herausgestrichen. Marschmusik findet jetzt die volle Gunst beim Klerus. Welch Wunder, wenn inmitten dieses tristen Gequassels zwischendurch die geniale Musik eines Psalms ertönt.

Meine Göttlichen, Ihr habt verstanden, dass die Kirche noch immer auf Kundenfang geht, sogar während der Messe, und dass es gern gesehen ist, wenn man dort Arbeiterjargon spricht. Ich weiß nicht, ob Anmut aus der Mode gerät, aber wenn der Gregorianer schon ersetzt werden muss, dann wenigstens durch Worte und Rhythmen eines Genies der Moderne. Warum hat man nicht die großen Musiker und Dichter der Welt dazu aufgerufen? Aber Priester und Bischöfe haben das lieber unter sich ausgemacht, brüderlich, unter Kumpeln. Das Ergebnis ist erbärmlich. Und betrübt bleibe ich den Altarräumen fern.

Meine Göttlichen, lasst mich Euch von den großen

Pardons der Bretagne berichten. Wir pilgerten regelmäßig nach Folgoët und Rumengol. Das war in den grauen, finsteren Zeiten, wo es noch kein Proletariat gab, nur Arme. Wie, meine Göttlichen, soll ich das beschreiben? Wir wanderten lange Zeit durch die sommerliche Bretagne. Früh morgens brachen wir auf. Wir kreuzten jene wundervollen, in Schwarz und Weiß gekleideten Menschen, die zu den Kapellen gingen, als erwarte sie das Paradies. So wie ihre Väter nach Jerusalem gegangen waren: mit frohem Gemüt und froher Lippe. Wir durchquerten ganze Ortschaften. Die ganze Menschenmenge, rufend, schimpfend. Den Frauen unter ihren Spitzenhauben zollten die Männer Respekt, fernab aller Kneipentische. Und die Kinder! Und die Pferde! Meine Göttlichen, das war naiv, aber es war nicht blöd.

Wir kamen unter verstörten Eichen an, wo, wie in La Palud, im königlichen Zirkus zwischen den Stränden die Messe gehalten wurde. Fahnen flatterten und Pastoren krakeelten geistliche Lieder. Und alle sangen im Chor nach. Pferde stampften. Lärm und Getöse vom beginnenden Jahrmarkt. Bettler, Krüppel, Blinde hielten ihren Becher hin unter den Portalen. Und die ganze Natur mit ihren raschelnden Bäumen und dem rauschenden Meer. Da waren Heilige, berührt von so vielen bäuerlichen Händen, und Quellen mit wundersamer Heilkraft, deren Wasser Herden von Frauen mit mehr Inbrunst tranken als in Lourdes. Was für eine Freude! Was für ein Vertrauen! O ihr Kelten, für die der Glaube ebenso natürlich ist wie der Wind und die ihr arglos versucht hattet, in einer viel zu römischen Kirche Demokratie einzuführen, indem ihr selbst eure Heiligen und Pastoren wähltet. O glückliches Mittelalter meines Landes! Aber heute sind die Lichter in den Sanktuarien erloschen und eine seltene, ehrenhafte Christin fegt höchstens noch den Vogeldreck vom Granit der Altäre. O verlorener Schatz! O verlorene Unschuld!

Meine Göttlichen, der Tag wird kommen, an dem wirkliche Poesie noch einmal die Tempel Jesu Christi ergreift. Hier werden Gitarren der Guaraní den Tanz der Glaubenden rhythmisch begleiten, dort keltische Harfen die großen freiheitsliebenden und romantischen Völker Irlands, Wales' und der Bretagne bewegen. Und woanders wird irgendein Gospelsong die Hoffnung der Menschen sichtbar machen. Jedes Volk hat seine eigenen Stimmbänder. Nicht alle Christen sind am Tiber geboren. Eines Tages wird sich das erdrückende römische Joch lockern müssen, auf dass jede Nation ihren Glauben mit ihrer Musik und in ihrer Art und Weise ausdrücke.

Meine Töchter, meidet alles Hässliche, einschließlich in der Liturgie. Betretet die tristen Altarräume nicht, wo der Proletarismus beim Kult den Ton angibt, zum Unglück der Kirche und der Arbeiter selbst. Jeder Mensch hat ein Recht auf seine Portion Herrlichkeit, genauso notwendig wie Reis oder Brot. Hässlichkeit in der Kirche, das ist wie der Teufel im Weihwasser. Die Schönheit trägt die Unterschrift Gottes. Hütet Euch, Bescheidenheit mit schlechtem Geschmack zu verwechseln, so wie es viele Kleriker heute tun. So wie der Kult, so auch der Glaube. Jene neuen Kleriker, Verfechter der heiligen Entstellung, wann werden wir sie aus unsren Krypten verjagen? Man könnte glauben, dass eine Art Masochismus sich der Christen bemächtigt hätte. Man versteckt die Tabernakel, man dimmt das Licht, man stellt den Leuchter unter den Scheffel. Man versteckt die Sanktuarien im Labyrinth der Vorstädte. Ach, wenn wir sie nur beerdigen könnten! Mir scheint, in Lourdes ist das bereits geschehen. Versteht mich nicht falsch: ich verteidige keineswegs die furchtbaren Kirchen des neunzehnten Jahrhunderts, diese Stockwerktorten, errichtet für die Spiritualität ehrgeiziger Kanoniker und scheinheiliger Mäzeninnen. Gott bewahre uns vor diesen grausigen, von kirchlichem Stolz geprägten Bauwerken. Aber, meine Töchter, mir würde es gefallen, wenn in unseren Städten die Orte des Trosts und der Freude, die die christlichen Kirchen sind, sich schneidig und ohne Scham erheben, dass sie schön anzusehen und ihre Tore offen für Passanten sind. Eine verschlossene Kirche ist ein Herz, das sich verweigert. Ein ästhetisch hässlicher Tempel ist eine erloschene Sonne.

Lasst Euch noch einmal in mein Land führen. Betet in den Kapellen in meiner Nachbarschaft, wo die Geradheit des Granits den weichen Kalk des Himmels streichelt. Es gibt unzählige von diesen Gottesscheunen und Christusfarmen, eingegraben in die Sanftheit des Grases und das Grün der Eichenhaine. Zeugen sie nicht vom robusten, einfachen, fröhlichen Glauben, diese bäuerlichen Gemäuer unter ihrer Kopfbedeckung aus Schiefer? Ihr findet sie in Guimiliau und Lampaul, Argol oder Locmelar. Wegmarkierungen auf den Straßen des Cidres und des Getreides. Königliche und volkstümliche Marksteine für die Postkutschen des Kummers und der Sünde. Geheimnisvolle Garben für verbissene und streitsüchtige Sippen, die es bitter nötig hatten, sich die Verfehlungen ihres Lebens vergeben zu lassen. Auf diese Steinfliesen setzt Eure Füße in meine Spuren, und Ihr werdet sehen, wie sanft es sich anfühlt, dort einige Worte der Gnade zu murmeln, wenn draußen der große und unbändige Wind des Finistère bläst.

Meine Göttlichen, ich möchte nicht, dass das Vertrauen und die Zärtlichkeit Euch verlassen. Später, wenn in der Tiefe Eurer Verzweiflung Ihr das kalte Skelett der Erde berührt, werdet Ihr nicht vergessen, dass dieselbe Erde Euch auch schon die fruchtbare und barmherzige Wolle der Liebe geboten hat. Ihr seid ad vitam aeternam die Gäste eines Fests. Der Fatalität der Schmerzen werdet Ihr nicht entgehen. Schmerz ist unser ständiger Begleiter und er wird Euch öfter besuchen als es Euch lieb ist. Aber ich sage Euch, dass das Fest existiert, dass Ihr in jenem Land ankommen werdet, jede einzelne, erwartete Prinzessin, erhoffte Prinzessin. Nehmt das Leben in Eure Münder und die Hoffnung in Eure Hände, das ist die Moral und der Glaube, die ich Euch lehre. Meine Göttlichen, vom Vater zum Sohn, von Baum zu Baum, von Welle zu Welle und von Epoche zu Epoche bearbeitet die Liebe diese Erde, heimlich, geheimnisvoll. Und ihre Herrschaft beginnt immer wieder neu.

VII

Meine Töchter, erinnert Ihr Euch an den großen Christus, der an einer Säule in der Kapelle Eures Sommerwohnsitzes in Saint Philibert hing? Der Pfarrer, auch er ein Modernist, hat unter ihm das Kreuz entfernt. Und Christus sieht jetzt flach aus, wie ein verletzter Vogel inmitten des Kirchenschiffs. Aber das Kreuz, es war doch unsere Angelegenheit. Das Kreuz war unser eigenes Werk, unser Verbrechen. Wir haben ihn doch dort angenagelt, wir haben ihm die Schmerzen zugefügt, wir haben die Nägel beim Eisenhändler um die Ecke gekauft. Ein Christus ohne Kreuz, das ist absurd. Das sagt nichts aus. Das Kreuz war unsere Eiche, unser Olivenbaum, unser Geäst auf den Wegen, unser Dorf, die Allee vor unseren Häusern, unser Zeichen, das furchtbare Werkstück unserer Grausamkeit, aber es war auch unsere Rettung, unsere Kommunion mit dem blutigen, vor Schmerz zuckenden Fleisch, unsere Allianz mit Gott. Und jetzt hängt Christus da und sieht aus wie ein Andengeier, der zu hoch fliegt, fremd, beinahe rachsüchtig. Das Kreuz war die Erde, unsere Natur, unsere Materie, unsere Inkarnation. O crux ave! O crux ave! O crux ave! Santa crux! Santa crux! Der Pfarrer hat Christus von seinem Volk getrennt, er hat ihn vom Kreuz genommen, und im Namen der Ästhetik hat er eine Häresie begangen. Der Glaube, das ist jener vertikale Galgenbalken, jenes Astwerk, das einer Wegkreuzung gleicht, einem Zusammentreffen.

Meine Töchter, bittet doch den Pfarrer, er möge die Menschheit wieder an ihren verfehlungsreichen und hoffnungsfrohen Platz bringen.

Rückblick auf meine karge Vergangenheit

I

Meine Göttlichen, verglichen mit Eurer war meine Kindheit unendlich viel religiöser, strenger, rigoroser. Um zwei Termini aufzugreifen, auf die Ihr später im Laufe Eurer Studien stoßen werdet: ich habe eine jansenistische Erziehung erfahren, während Eure sich – scheint mir – in fröhlicher Ausgelassenheit, oder besser, in einer Art Quietismus bewegt.

Ach, das Kind, das ich war, werde ich es wiederfinden? Ich wurde, ob ich wollte oder nicht, ständig zur Morgenmesse geschleift. Viele lange, triste Jahre lang fristete ich in strengen kirchlichen Schulen.

Nicht umsonst bin ich in einer Zeit geboren und aufgewachsen, als die Bretagne von der Tragödie des Krieges überzogen wurde, was zur Erziehung, die mir zuteilwurde, noch einigen Pessimismus hinzufügte. Mir kommt es vor, als stieße ich auf einen Ozean aus Nebel, als irrte ich in Wellen aus

Nostalgie herum, als versänke ich in Abgründen aus Traurigkeit.

Meine Eltern glaubten absolut alles, was die Kirche lehrte. Die Kirche war in allem und jedem präsent. Sie war das Alpha und das Omega. Sie war Gesetz und Strafe. Sie war die einzige Institution, auf die man sich zu beziehen hatte. Es verging kein Tag, an dem nicht von einem Herrn Pfarrer oder irgendeinem Pater die Rede war. Pater gab es in der Familie übrigens jede Menge. Es gab einen gewissen Onkel Corvé, es gab den Onkel Yves-Marie, Pfarrer von Trégunc. Schließlich gab es auch meinen Bruder Josick, Lehrer und Missionar, vom Vietminh im Januar 1949 getötet.

In jedem Zimmer hing am besten Platz an der Wand ein üblicherweise mit einem Buchsbaumzweig geschmücktes Kruzifix. Das im Zimmer meiner Eltern thronte auf dem Kamin unter einem Globus. Es war riesig, aus schwarzem Buchsbaum und ganz und gar durchtränkt von Herzeleid. Vor diesem Bild des Leidens kniete ich als kleines Kind nieder.

Wir setzten uns zu Tisch zum Angelusläuten. Wir rezitierten das Tischgebet. Erst danach durften wir zu Löffel und Gabel greifen. Es gab keine irdische Nahrung, die nicht unter dem Zeichen des Kreuzes gereicht wurde.

Am Sonntag war es nicht nur Vorschrift zum Hochamt zu gehen, wir mussten auch zur Vesper und zum Heiligen Sakrament. Die Gewissenhaftigkeit beim Ablauf liegt auf der Hand. Keiner von meinen neun Brüdern und Schwestern hätte gewagt, sie in Frage zu stellen. Ich beugte mich all dem ohne allzu große Mühe. Meine Kindheitsjahre sind in einen Dunst aus Weihrauch getunkt. Selbst unsere Spiele erhielten die Prägung des Heiligen. Meine Mutter hatte uns Kasel genäht, die wir anzogen, um in der Scheune die Heilige Messe nachzuspielen.

Meine frühe Kindheit war an diese Atmosphäre angepasst. Mit den Jahren, allmählich, musste ich den strikten Puritanismus, der ihr anhaftete, in Frage stellen.

Unsere liberale Tradition erlaubte uns so ziemlich alles zu äußern, was wir über die Dinge des Lebens dachten. Wir hatten einen soliden kritischen Geist. Wir zögerten nicht, ihn einzusetzen. Aber es gab eine Schwelle, die wir nicht überschreiten durften, nämlich die jenes großen, sittenstrengen und bisweilen traurigen Gebäudes, das man gemeinhin die »christliche Moral« nennt. Ehrlich gesagt, meine Kindheit und Jugend waren durch die übertriebene Strenge verdorben. Die Zensur hatte weder Wort noch Gesicht, aber sie durchtränkte all meine Gedanken, alle

Handlungen, selbst die Gegenstände. Kunst erschien meinen Eltern suspekt wegen der freizügigen Darstellung des weiblichen Körpers. Die wichtigste Sache im Leben, die Liebe, konnte nur nach vorheriger Absegnung durch den Pfarrer thematisiert werden. Vom Wort »Sex« brauchen wir gar nicht reden. Dieses Wort haben meine Eltern niemals in den Mund genommen. Sie hätten ihm die grinsende und feindselige Grimasse Satans aufgedrückt. So wurde ein Teil meiner selbst erbarmungslos ausgegrenzt. Alles in allem hatte ich eine Kindheit wie André Gide. Aus diesem Grund, meine Töchter, erschienen mir Frauen lange Zeit als furchterregende Wesen, und dieses Bild wurde durch die Tatsache verstärkt, dass meine Schwestern wesentlich älter waren als ich, und dass ich meine Mutter nie anders kannte als in der Ehrwürdigkeit ihrer weißen Haare.

Dasselbe Misstrauen, dieselbe Strenge herrschte im Bücherregal, woraus sich erklärt, warum sich mein Interesse für Literatur erst spät entwickeln konnte: im Alter von siebzehn, achtzehn Jahren. Was hätte ich in den vereinzelten, minimalistischen Bibliotheken gefunden, die uns zur Verfügung standen? Außer einigen gut-katholischen Autoren nur trübselige Werke über Frömmigkeit und fade christliche Zeitschriften. Ach, welch ein Glück hatte Bernanos, der seit seiner Kindheit jeden Donnerstag Balzac und Walter Scott geliefert bekam. Dieses Glück hatte ich nicht. Meine Phantasie musste sich heimlich und im Verborgenen entwickeln und reifen, in einem düsteren, päpstlichen Gefängnis.

Sehr bald, meine Töchter, wurde ich in katholische Schulen gesteckt, zunächst nach St. Pol de Léon ins Collège du Kreisker, eine Art Filiale des Elternhauses. Vater, Bruder, Onkel hatten sich dort die Klinke in die Hand gegeben. Aber es war eine Filiale ohne Luft und ohne Sonnenlicht. Man setzte mir Satan in den Kopf. Ich sah überall nur Sünde und Schande. Ich betrachte den Tag meiner feierlichen Kommunion als den unglücklichsten Tag meines Lebens. An diesem Tag war ich an die heiligen Abendmahlstafel mit einem merkwürdigen Schuldgefühl getreten. Noch lange danach verfolgte mich der Gedanke, ich hätte den Ritus entweiht, und so lebte ich viele Jahre mit mir selbst zusammen wie mit einem verfluchten Bruder.

Ich muss dazu sagen, dass meine Lehrer nichts taten, um meine Angst zu lindern. Ganz im Gegenteil. Noch mehr als zu Hause war in jenen kirchlichen Schulen, die mehr geschlossenen Sakristeien ähnelten, die Furcht das A und O der Religion, wo es stattdessen doch Vertrauen gebraucht hätte.

Offensichtlich mussten sich diesen Herren zufolge der Christusglaube hier und der Teufelsglaube dort die Waage halten, als ob wir die Erde ablehnen müssten, sie hassen, mit Füßen treten, um später in den Genuss des ewigen Glücks zu kommen. Ich bin noch immer wütend auf diese Kirchenmänner, denn sie haben mir hundert Jahre Höllenqualen beschert. Und mir gewissermaßen einen Handel vorgeschlagen: Tausche dein fleischliches Leben gegen die zukünftige Glückseligkeit ein. Wie viele Jahre, wie viele Tränen, wie viel Kraft hat es mich gekostet, diesen Unfug wieder zurecht zu rücken und unter schwarzem Himmel wieder grünes Weideland zu erspähen …

Und dennoch, mit meinen jetzt vierzig Jahren, weigere ich mich, eine ausschließlich negative Bilanz dieser Zeit zu ziehen. Denn aus dieser bedrückenden und halb erstickten Kindheit sind mir zwei nicht unbedeutende Haltungen geblieben: mein Gefühl für die Bedeutungsschwere des Lebens und mein sozusagen mystischer Hunger nach Zärtlichkeit.

Der Jansenismus hat die gute Seite, dass er jeden Einzelnen persönlich voll und ganz für das Gute oder Böse, das auf der Erde herrscht, verantwortlich hält. Im Übrigen scheint mir der Existentialismus nur ein weltliches, profanes Surrogat jener außergewöhnlichen Bewegung zu sein, die das siebzehnte Jahrhundert inspirierte und der europäischen Spiritualität einige seiner feinsten Blüten bescherte. Seit ich mich selbst kenne, erscheint mir die Welt wie ein besonderes, einzigartiges Gebilde, und jedes Wesen – ob in tiefe Nacht verstrickt oder im Glück wandelnd – geprägt von einer vorrangigen, und sozusagen fabelhaften Wichtigkeit. Daher die Schärfe und das Stechen meines Blickes, die Flut meiner Verwunderung, und die Absolutheit meiner Freund- und Feindschaften. Daher auch, höchstwahrscheinlich, die Intensität der Genüsse, die ich kennen lernte. Ich lebe wie ein kleiner unschuldiger Junge. Wegen allem und nichts kommt mir ein Wie und ein Warum auf die Lippen. Ich bedauere die Kinder, denen der Glaube nicht gelehrt wurde. Unter anderem aus diesem Grund scheint es mir, dass für sie die Existenz aus einer Aneinanderreihung von Fadheiten besteht, und dass sie anstelle von Salz nur Asche finden. Dass dort, wo der atemberaubende Moment der Begegnung stattfindet, sie nur Zufall erkennen. Im Grunde ist mir alles und jeder wichtig. Daher auch mein Reflex des Rückzugs. Als ob wir auch im Orden des Heiligen Geistes die Anderen auffressen oder von ihnen verschlungen werden müssten. Nichts fällt mir leicht, und lange Zeit war ich versucht zu glauben, das Leben sei ein aufreibendes Unterfangen, wie eine zu lange und zu belebte Straße. Zu spannend obendrein.

Nichts ist mir gleichgültig. Alles berührt mich, alles durchdringt mich. Meine Töchter, ich ertrage nicht, wenn ein Mensch eine andere Kreatur erniedrigt. Das Böse schlechthin. Eine Schweinerei. Das schlimmste aller Verbrechen. Es ist mir unerträglich, körperlich unerträglich. Selbst durch das Schlagen eines Hundes verliert die Welt an Wert. Dieser blinde Hund von Tréhubert, der Euch so leidgetan hatte in seiner ständigen Nacht, erinnert Ihr Euch, meine Göttlichen? Dieser Hund mit den weißen Augen, an der Kette, vielleicht bettelte er nach Trost? Wir wissen sehr wenig über den Schmerz unserer Gefährten, der Tiere. Auch für sie erhoffe ich ein Paradies.

II

Meine Göttlichen, ich sprach vorhin von Zärtlichkeit. Die Wörter »Erbarmen« und »Barmherzigkeit«, und die damit verbundene Verletzlichkeit sind mir vertraut. Hartherzigkeit erscheint mir nicht nur kriminell, sie erscheint mir auch dumm. Wir besitzen die Welt nur in dem Maße, wie wir ihre Wunden zu erkennen vermögen, ihre kranken Organe aufspüren, um für Heilung und Abhilfe zu sorgen. Henker, Gewalttäter und Kriminelle sind arme Dummköpfe. Es geht nicht darum, in Schwarzmalerei oder Masochismus zu verfallen, die in katholischen Kreisen so oft zu finden sind. Wir kennen sie alle, jene Christen, die sich an den Wunden wehrloser Kreaturen weiden, wie Haie oder Aasgeier. Der Hunger in der Welt, die Armut, die Seuchen, all diese infamen Dinge dienen jenen Herrschaften als Anlass, große Reden zu schwingen, als Artikel im Ausverkauf. Sie kommerzialisieren den Schmerz des Universums. Ich habe für sie das gleiche Gefühl wie Nietzsche. Ich betrachte sie als Schwachköpfe. Eine Epidemie pro Jahr, oder ein Völkermord pro Monat, und schon freuen sie sich klammheimlich, endlich wieder etwas zu melden zu haben. Pharisäer, lebende Tote, Grufthocker: Ach, wie gern würde ich sie fliehen.

In der Barmherzigkeit liegt etwas anderes als das Paktieren mit Übel und Unglück. Die Barmherzigkeit, meine Göttlichen, ist eine große, starke und schweigsame Dame, eine Art Bäuerin mit hochgekrempelten Ärmeln und tatkräftigen Händen. So sieht die Dame Mitleid aus. Und welche Wut im sich zerreißenden Herzen, und welche Revolte in den Augen, die Leid und Plagen mit ansehen müssen! Diese Dame hört niemals auf zu arbeiten. Sie glaubt an die Welt und an das Leben, denn sie hört nicht auf, Folgen von Unvollkommenheit zu lindern und Tränen zu trocknen. Meine Göttlichen, Ihr werdet Euch in den Dienst dieser Dame stellen. Sie ist es, die Euch mit den Worten des Heiligen Augustinus sagt: »Liebe, und tue was du willst.«

Mitgefühl ist letztlich ein Wunder des Universums. Es gibt nicht ein literarisches oder künstlerisches Werk, das nicht davon inspiriert wäre. Denkt nur an Dostojewski oder Tolstoi, Rembrandt, Cézanne oder Rouault. Es gibt keine Schöpfung ohne Barmherzigkeit. Alle genialen Künstler waren Seelen voller Mitgefühl. Und diese innere Woge ist die wundervolle Saat für Musik und Poesie.

III

So weit entfernt, meine Göttlichen, und doch kommt diese Kindheit mir wieder in Erinnerung mit all ihrer Traurigkeit und all ihrer Leidenschaft. Jeden Abend versammelten wir uns um den großen Tisch zum Gebet. Heute würden Euch diese

Gebetsverse und Litaneien unendlich lang erscheinen. Es gab richtig schöne darunter. Ich möchte gern einige davon hier für Euch zitieren, damit Ihr die Atmosphäre nachvollziehen könnt, die ich zu Hause erlebte:

»Allerheiligste und allerhöchste Dreifaltigkeit, einziger Gott in drei Personen, ich glaube, dass Du hier mit Deiner Allmacht gegenwärtig bist. Ich bete Dich an in tiefster Demut, und erstatte Dir von meinem ganzen Herzen alle die Lobpreisungen, welche man Deiner höchsten Majestät schuldig ist.«

Und dieses hier:

»Mein Gott, ich danke Dir von Grund meines Herzens für alle Gnaden, welche Du mir bis zu dieser Stunde erwiesen hast. Es ist eine Wirkung Deiner unendlichen Güte, dass ich diesen Tag wieder erlebt habe. Ich will ihn also auch einzig und allein zu Deinem Dienste verwenden. Ich widme Dir alle Gedanken, alle Worte, alle Handlungen und Leiden dieses Tages: segne sie, o Herr, mit Deiner zuvorkommenden Gnade, auf dass in mir kein Wort, Gedanke oder Werk ohne Deine göttliche Liebe entstehen und ich alles zu Deiner Ehre vollziehen möge.«

Und noch dieses hier:

»Heilige Jungfrau, Mutter Gottes, meine Mutter und Fürsprecherin, unter Deinen Schutz empfehle ich mich, und vertrauensvoll werfe ich mich in den Schoß Deiner mütterlichen Barmherzigkeit, Mutter der Gnaden! Sei Zuflucht in meinen Anliegen, Trost in meinem Schmerz, und meine Fürsprecherin bei Deinem göttlichen Sohne, heute, alle Tage meines Lebens, und besonders zur Stunde meines Todes. Heiliger Schutzengel, himmlischer Geist, mein treuer Wegführer, hilf mir, dass ich Deinen Eingebungen so genau nachkomme, und alle meine Schritte so lenke, dass ich vom Weg der göttlichen Gebote auf keinste Weise abweichen möge. Großer Heiliger, dessen Name ich trage, beschütze mich und bitte für mich, dass ich, so wie Du auf Erden, Gott dienen und ihn einst ewig mit Dir im Himmel preisen möge. Amen.«

Aber dasjenige von all den Gebeten, das mir am schnellsten auf die Lippen kommt, und das ich niemals vergessen werde, ist dieses hier:

»Siehe, o guter und lieber Jesus, vor Deinem Angesicht werfe ich mich nieder und bitte Dich, aus tiefer Seele flehend: Präge meinem Herzen den lebendigen Geist des Glaubens, der Hoffnung und der Liebe ein, eine wahre Reue über meine Sünden und den festen Willen, mich zu bessern. Mit inniger Liebe und tiefem Schmerz schaue ich auf Deine fünf Wunden und führe mir vor Augen, was der Prophet

David von Dir, o guter Jesus, geweissagt hat: Sie haben meine Hände und meine Füße durchbohrt, sie haben alle meine Gebeine gezählt.«

IV

Wie habe ich mich vom Jansenismus gelöst? Wie habe ich das wahre Wesen, die Essenz des Christentums wiedergefunden, die Freude und den Jubel? Durch das Leben, durch das Ausüben meines Berufs als Journalist, durch das Bewundern des Universums, durch das Suchen, das immer intensivere Suchen nach den Zeichen der mysteriösen Liebe in den Werken der Menschen. Alles Leben ist Suche. In diesem Sinne tragt Ihr gewissermaßen einen heiligen Namen. Genau wie der Schriftsteller Jack Kerouac, den ich sehr liebe, bin ich ein »einsamer, mystischer und verrückter Katholik«. Da keltisches Blut in mir fließt, ist mir der Sinn fürs Reisen angeboren – und Religion ist Reise. Mein Glaube ist ein stiller und lyrischer Kamelritt. Ihr kennt meine Armut. Ihr wisst, wie sehr ich Euch ein bequemes Leben hätte bieten können, wenn ich mich an der vom Geld gesteuerten Welt orientiert hätte. Ich habe den Weg der Bohème und der Pardons vorgezogen. Ich wünsche mir, dass

Ihr mir deshalb nicht böse seid, meine Göttlichen. Es wäre doch für Euch Sonnenkinder unangemessen, in den weichen Kissen des Komforts und der Langeweile zu vegetieren. Auf dass der Wind von Brasparts mir noch von den Wundern der heiligen Allianz berichte, auf meinem Weg zum Meer! Alles soll Poesie sein, jede Kreatur soll mit prall gefülltem Lobemund leben und sterben. Alles ist in Allem, im Gras, in den Bäumen, im Auf und Ab der Meereswogen, im vom Abendrot entflammten Horizont. Alles ist Bibel, Testament, Zeichen. Man muss Augen haben zu sehen, und Ohren zu hören.

Aber erlaubt mir, dass ich Euch noch von meinem Land erzähle.

V

Es ist Winter. Ich habe mir von einer Freundin ein Auto geliehen. Ich halte es im Haus nicht mehr aus, nicht einmal zum Schreiben. Ich muss raus. Die Straße ist offen, unberührt, erwartungsvoll und blau. Ich nehme die Wege, die in meinem Herzen heilig sind. In meinem Herzen und im Glauben meiner Landsleute: Ploudiry, La Martyre, Le Tréhou. Die Wegsteine sind die großen, naiven Kirchen und Kapellen, mächtige Eichen sind die Heimstätten für Bildstöcke mit der in Stein gehauenen Pietà. Ich sause. Diese Landschaft aus Stechpalmen, Hohlwegen und Heidekraut ist meine spirituelle Heimat. Die letzten Pferde wiehern im vogelreichen Winter. Ich weiß, der Wind kommt von Norden. Die Luft ist trocken, leuchtend, pastellfarben. Ich singe irgendeinen alten Choral im Duft des Morgens, im Geruch nassen Granits. Ich sause, ich fahre, ich bin glücklich. Ich denke an meine Frau, an meine Töchter, an meine Freunde, die ich für ein paar Tage verlassen habe. Ich denke an Euch. Allen ärztlichen Ratschlägen zum Trotz gönne ich mir eine gute braune Zigarette. Ich fülle meine Lunge mit der Freude des Tabaks. Jetzt kommt bald jene hügelreiche Gegend, wo Seelen im hohen, trockenen Gras umherirren, und wo Lerchen in den Ginsterbüschen Schutz suchen. Ich fahre durch Hanvec und komme nach Rumengol. Ich steige aus und betrete die Basilika.

Der Chorraum und die beiden Querschiffe werden von einem riesigen Altar eingenommen. Eine außergewöhnliche Fülle. Alles singt. Gold, Blau, Rot, Rosa und sanftes Grün. Eine alte Frau mit Spitzenhaube betet. Sie zündet für mich den Hängeleuchter an. Der Altar funkelt vor Akanthus-, Eichen- und Lorbeerblättern. In den Nischen wachen Schriftgelehrte und Heilige. Über ihnen, in naiven Porträts, lassen stämmige Bäuerinnen, pausbäckige Mönche und mitrierte Bischöfe die alten Zeiten fröhlichen Glaubens wiederaufleben. Ich gehe vom linken ins rechte Querschiff. »Glauben Sie ans Paradies, *baradoz*?« Ich antworte auf die Stimme, die mich in meiner Vorstellung befragt »*Ya*«. Ich höre Gemurmel. Nein, die Lippen der Skulpturen bewegen sich nicht. Es ist die alte Frau, die laut betet. Massen von Menschen sind vor mir hierhergekommen. Ich selbst war als Kind nach Rumengol gepilgert. Und jetzt ist der Altarraum wie leergefegt: eine Bäuerin und ein Schriftsteller, das ist alles. Beim Herumgehen zitiere ich zwei oder drei Avemarias. Und erst jetzt entdecke ich sie …

Sie, das ist die Schutzheilige des Ortes. *An Itron Varia*, die Frau Maria, die Mutter Gottes. Da ist sie, aufrecht, stolz und erhaben, unter ihrem Säulenbogen. Sie trägt einen blauen Brokatmantel und einen weißen Schleier. Sie hält das Szepter der Bretagne in der linken Hand, und in der rechten das Kind. Mutter und Kind tragen Kronen. Die Mutter hat den roten Teint der Landfrauen, die im kalten Wind das Vieh treiben. Der gleiche Wind wie heute. *An Itron Varia* Rumengol. Eine Art vornehme Steifheit bestimmt ihre Züge. Ich sage mir, dass ich noch immer ihr Kind bin, jenseits vom Trubel meines Lebens, ich sage mir, dass ich gelebt habe, geliebt, verflucht, mich verirrt – und dass ich einer bin, der immer wieder zurückkehrt. Ave, salute, que viva. Ich flehe sie an, die Jüdin, die Galiläerin. Ich bitte sie, meinen kranken Bruder zu beschützen, und mich selbst, zwei lungenkranke Emphysematiker, »Schwindsüchtige«, wie man sagt. Dann blättere ich im goldenen Buch, das jetzt die alten Votivbilder ersetzt. Ich überfliege die Zeilen. Das ist schlechtes Französisch, würden die Akademiker sagen. Rechtschreibfehler. Schief und krumm geschrieben. »Denk an meinen Mann wegen seiner Operation«, »Mach, dass ich meine Prüfungen bestehe«, »Danke Dir …«. Ich zögere, weiterzulesen. Habe ich das Recht, in die Geheimnisse der Fürbitten einzudringen? Warum hat der Pfarrer diese Sammlung von Hoffnungen den Blicken Aller ausgesetzt? Geht auch er auf Kundenfang? Nein … An diesem Ort darf man einfältig und naiv sein. Ich habe Lust, meinen kleinen Satz »*Buhez a zo mat*« – »Das Leben ist gut« beizutragen. Das ist es, was mir spontan in den Sinn kommt. Das werde ich schreiben. Aber ich suche vergeblich nach meinem Kugelschreiber. Ich habe ihn nicht dabei. Ich bin ein Schriftsteller ohne Schreibgerät. Egal. Die alte Frau, die Messdienerin, die Schildwache, ist zwei Meter hinter mir. Sie betet pausenlos mit lauter Stimme die heiligen Worte des Rosenkranzes herunter. Aus ihren gefalteten Arbeiterhänden, schön und runzelig wie ein alter Apfel, kommt ein langer Kranz heraus. Vom hinteren Teil der Kirche aus betrachtet könnte man sie für eine der farbenfrohen Altarfiguren halten. Sie würde zu diesem übertriebenen Barockismus eine Note der Kargheit und Trauer beitragen. Ich denke an eine Reise nach Spanien, an meine Zwischenstationen in baskischen Dörfern, an die in die Erde von Guernica gepflanzte Freiheitseiche, an die bäuerlichen Bogenportale und Altarräume dieser heldenhaften Provinz. Kultorte und heilige Plätze: Foundouks, Karawansereien, gute Herbergen für verzückte Pilgerer. Wohin sollen die Gläubigen, die Betenden, die Flüchtenden und die Unschuldigen denn noch gehen, wenn diese Zufluchtsorte der Vorherrschaft von Parkplätzen geopfert werden? Wohin soll ich selbst gehen, getrieben von meinem unersättlichen Bedürfnis nach Straßen und Gebeten?

VI

Meine Göttlichen, ich rufe die Heiligen ohne Kalendertag herbei. Jene meines Landes, Tugdual, Eloi, Goulven, Erwan. Und die Theorie eines jeden Schöpfers. Sankt Villon und Sankt Rutebeuf, grobe Kerle, aber gute Weinschläuche der Poesie. Sankt Verlaine von »Einst und jüngst«. Und all jene gelähmten Bettler, Aöden, Barden, beschmutzt durch ihre fleischlichen Fehler, trunken vom brüderlichen Wein, mittelalterlicher Mob mit sinnlichen Mündern und gierigen Seelen, meine Brüder. Geheiligt seien ihre Namen. Ich rufe Max Jacob und Saint-Pol-Roux herbei, Juden und Kelten vom Reich des Meeres, gekreuzigt an den unheilvollen Kreuzen der Nazis, geheiligt seien ihre Namen. Ich rufe die bretonischen, slawischen, deutschen Dichter herbei, die aus Isreal und Ismael, all jene, die gesungen haben, und die geschwiegen haben. Geheiligt seien ihre Namen. Ich rufe die Propheten der neuen Bibel herbei, Tolstoi den Guten, die unbeugsamen Bloy und Bernanos, Prosaiker des sanften und fernen Königreichs. Und geheiligt seien ihre Namen. Ich rufe Vincent van Gogh herbei, den Verrückten, Maler der mystischen Farben, und die alten und leuchtenden Künstler des Nordens, Breughel, Rembrandt. Und geheiligt seien ihre Namen. Ich rufe Rouault herbei, Verkünder des Mitgefühls, und den fröhlichen, friedvollen Cézanne. Geheiligt seien ihre Namen. Ich rufe alle Erfinder der Welt herbei, Weltenbummler, Seefahrer, die Kapitäne Christoph Kolumbus, Charles de Foucauld, Nomaden der großen Sahara und der Ozeane, und geheiligt seien ihre Namen. Ich rufe die Soldaten und Politiker herbei, Martin und Jehanne aus Frankreich, Thomas Morus aus England, und jene wunderbaren Figuren aus dem geliebten Irland, Patrick Pearse und all die Rebellen aus gälischem Holz. Auch ihre Namen seien geheiligt. Ich rufe alle Heiligen herbei, die für Freiheit und Gerechtigkeit kämpfen, denn ihre Namen sind auf alle Zeit gesegnet. Ich rufe die Erfinder der Musik herbei, den einfachen Gitarristen aus dem Volke in Peru, der im Staub sitzt und spielt, und die alten Harfenisten, die zur Zeit des Heiligen Grals ihre Lehnsherrinnen zu Tränen rührten. Auch Ludwig van Beethoven, vom eigenen Genie eingemauertes Hirn, im spießigen Wien, der alte Bach, selbstsicher wie eine Festung, sowie der arme Mozart, verscharrt in einem Massengrab für Mittellose. Geheiligt seien ihre Namen. Ja, die Erde ist eine Frau, die Trost finden wird, denn sie wird nicht aufhören, mit allen Rhythmen der Töne und Farben, und durch die Magie aller gesprochenen

Wörter, den zu rufen und zu erwarten, der sich jenseits der Erde bewegt, ewiglich. Kunst ist nichts anderes als das keuchende Atmen der Liebe.

VII

Ich steige wieder in mein Auto. Ich dringe, meine Göttlichen, tief ins Herz des Argoat vor. Vorbei ist die hartnäckige Einsamkeit des Forêt du Cranou, ich fahre durchs Hügelland in Richtung Saint-Cadou und Saint-Rivoal. Die Straße ist kaum breiter als ein Hohlweg. Alles hier ist Raunen, Munkeln, Geheimnis. Die versteckten Gehöfte flüstern den Hecken, Quellen und Brombeersträuchern alte Geschichten von Schuhen aus Holz. Ich erspüre die Seelen der Scheunen. Ich fülle mich mit dem Duft brennender Reisigbündel. Ich denke an Euch, meine Göttlichen. Ich pflanze Euch mitten in diese spirituelle Landschaft. Städte kaschieren nur allzu leicht die irdischen Zeichen des Geistes. Ich fahre langsam. Ich lasse eigenartige gelbe Hunde vor mir vorbeihuschen, zierlich wie Gazellen. Ich nähere mich Saint-Rivoal, völlig unbekannt, wie ein Barde, der in sein Heim zurückkehrt, das Herz voll guter Gesänge, oder wie ein Kind, das in seine Feenheimat eingeht. Ich habe mein Korn gemahlen. Ich habe mein Eisen geschmiedet. Ich habe meine Aufgabe erfüllt. Ich habe mich in die vier Winde verstreut. Ich habe mich als Nahrung hingegeben – manchmal geschah dies auf chaotische Weise, doch immer ohne Aufrechnung. Ich schrieb, was ich glaubte. Ich glaubte, was meine Augen nicht wahrnahmen. Ich fahre langsam. Totes Laub bedeckt die alte Straße. Die klirrende Dezemberkälte verharrt darauf. Ich kehre in meinen Winter ein, glücklich darüber, das Wort zum Verbreiten zu haben, dieses Buch zu schreiben. Ich träumte mein Leben, bevor ich es erfüllte, und das ist gut so. Ich fahre langsam, ganz langsam, in das unbekannte Dorf. Alle Straßen sind meine Freunde, alle Wege sind wie Brüder. Ich bin ein wilder, ungeschliffener Einsiedler.

Da ist also Saint-Rivoal, mit seinen alten, bläulichen Schieferhäusern. Die kleine Kirche ist an den Hang gepflanzt, mit ihrem Glockenturm, von Flechten tätowiert, die wie Windrosen aussehen. Der abschüssige Friedhof, der sie umgibt, neigt sich nach Süden hin zum Tal. Ich denke an die wundervollen muselmanischen Friedhöfe, in Meknes, in Fes, in Rabat, an die Aufreihung von weißen Steinen mitten im Gras, wohin Schafe und Ziegen zum Weiden kommen. Ich mag es, wenn sich die Ruhestätten der

Toten so mit den Wohnstätten der Lebenden vermischen, verwechseln. Ich betrete den eingemauerten Bereich. Ich möchte in die Kirche. Nicht, um irgendeinen sicherlich notwendigen, billigen Ablass mitzunehmen. Nein … Ich mag es, über die Steinplatten bretonischer Kirchenschiffe zu schreiten, um dort meine Glut zu schüren, der Stille zu lauschen, den schweren Klang meiner Schritte auf geweihtem Boden zu hören. Ich gehe in Richtung Portal und versuche, die Tür zu öffnen. Sie ist abgeschlossen. Man hat die Tür zum Haus Gottes verschlossen. Ich verstehe das nicht. Man darf die Tür einer Kirche niemals abschließen. Selbst wenn die Leichtlebigen niemals dorthin kommen würden, muss man doch die Tür offenlassen, damit die Sonne hereinkann, der verletzte Vogel, der verlorene Hund, der Flüchtling, die verirrte Seele …

VIII

So seht Ihr, meine Göttlichen, heute ernte ich die Fröhlichkeit des Glaubens. Meine an die lila Knebel der Karwoche gebundene Kindheit, meine von Gewissensbissen gekreuzigte Kindheit, meine zwischen Internat und Sakristei, zwischen eisigen Messen und frömmlerischen Vespern pendelnde Kindheit, ich lege keinen Wert darauf, sie wiederzufinden. Mir fehlt viel Erinnerung an diese düstere Zeit. Lieber ist mir, dieses etwas traurige, sich ständig niederkniende Kind bleibt im Dunkel. Erst später, sehr viel später, erschien mir das Brot Gottes wieder wünschenswert.

Man muss viel gelebt haben, um dem gelernten Wort einen Sinn geben zu können. Man muss Haus und Heim verlassen, die Berufsreligiösen meiden, aufhören zu praktizieren, sich der komfortablen Tunika entledigen. Und leiden. Heute scheint es mir, dass ein Christ nur sein kann, wer wie ein verlorenes Kind nach Hause zurückkehrt, um seinen Platz neben dem Vater einzunehmen, nachdem es lange herumgereist war. Glaube ist der Lohn des Risikos. Hoffnung ist die Frucht des Weges. Erst in der Mitte der Nacht hofft man auf die Sonne. Ach, man müsste den Glauben im Orient wiederherstellen. Ich bin ein Sohn von Ismael. Mich dürstete nach Quellwasser, weil ich viel herumgeirrt war. Zweifelsohne haben deshalb jene, die in erster Linie Romanen, und erst danach Katholiken waren, mich so wenig verstanden.

In Marokko hörte ich auf, die Sakramente der Kirche gewissenhaft zu praktizieren. Die Erfahrung, die ich dort machte – trotz der stupiden Regeln des Soldatenlebens – war bahnbrechend. Es ist die Erfahrung des Lichts und der strahlenden Schönheit des Universums.

Gern würde ich, meine Göttlichen, Euch bei der Hand nehmen und Euch in den geliebten Maghreb führen. Wenn das Abendland so weit unten ist mit seiner Moral, dann deshalb, weil es sechs Monate pro Jahr unter Kälte und Regen begraben liegt. Man versteckt sich in Geschäften. Man verbarrikadiert sich hinter Vorschriften. Der Mangel an Luft führt zu Arbeit, dem damit verbundenen Geld, plus Zinsen. Der Maghreb ist arm und ausgemergelt bis auf die Knochen. Aber er lädt zu Freuden des Körpers und des Geistes ein, zur Kostenlosigkeit, zur Kontemplation. Einige der großen christlichen Mystiker wurden dort geboren oder haben dort gelebt: Sankt Charles de Foucauld, Sankt Albert Peyriguère, und schließlich der Heilige Augustinus. Und diese Mystiker sind, durch ihre Zärtlichkeit und ihr Feuer, meinem Herzen sehr nah.

Ich kann mir die Sanftheit der afrikanischen Kirchen vor dem Sturm der arabischen Eroberung sehr gut vorstellen. Ein Christentum mit Minzgeruch, weiße Bethäuser als Landmarken unter Palmen, und das vornehme Schreiten der Frauen zur Wasserstelle, eingehüllt in weite Webtücher, die Amphore auf der Schulter. Ich stelle mir die Anmut dieser sonnendurchfluteten, pastoralen Gesellschaft vor, Tauben in duftenden Feigenbäumen, hennafarbige Tönung, Geruch von Myrrhe, und Olivenzweige in den Fäusten am Vorabend des Passahfestes. Man muss diese Länder kennengelernt haben um den ganzen Realismus der heiligen Poesie zu ermessen: die Brunnen, das Wasser, die Wüste, die Begrenzungen, die Kamelherden, Hiob in seiner Verlorenheit, der Teller Linsen, Samarien, Golgatha, alles das habe ich gesehen, ich fühle es, ich kenne es. Der Blick von Christus selbst, ich erkenne ihn in den Augen jenes Fellachen aus Medea wieder, der unter meinen Augen gefoltert wurde. Und die französischen Soldaten waren nichts anderes als römische Zenturionen, angefüllt mit Wein, Kraft, und einer ausreichenden Portion Grausamkeit. Die Kreuzigung in den marokkanischen Bergen: es war auch um drei Uhr nachmittags, im August …

IX

Diese Gedanken führen mich zu demjenigen zurück, der an der Quelle aller Gedanken sitzt: zu Jesus von Nazareth. Ich denke an das berühmte Bild auf dem Turiner Grabtuch. Jenes, wo man das heilige Angesicht auf dem Leinen des Todes sieht. Ich bewundere die Züge des Mannes, ihre ungewöhnliche Würde. Die Lider sind geschlossen, die Nase markant, die Wangen hohl, doch man errät die Vollkommenheit und Kraft dieses Gesichts. Lange Haare rahmen dieses Porträt ein, das kein auch noch so talentierter Fotograf so hinbekommen hätte. Die Haare lassen das Blut und den Schweiß des Todeskampfs erahnen. Auf der Stirn sind so etwas wie dicke erstarrte Tränen zu erkennen, wie ins Fleisch gebohrte Nägel. Und es ist Frieden und Heiterkeit, was dieses Abbild ausstrahlt. Was die perfekteste Druckmaschine nicht zustande gebracht hätte, haben Zeit, Aromen und die bewundernswerte Frömmigkeit von Frauen bewirkt – und Wasser, und die Ausdünstungen eines außergewöhnlich erhabenen Körpers, wie eine unauslöschliche Tinte. Dieser Mann wurde gegeißelt, beschimpft und am Kreuz getötet; was bedeutet, dass er – wie Ärzte und Spezialisten angeben – stundenlang unter Krämpfen und Erstickungsnot mit dem Tode kämpfte. Und dennoch, das Grabtuch beweist es, ist es ein Gesicht ohne Angst, ohne Hass, das sich unseren Blicken öffnet. Der Mann scheint damit beschäftigt zu sein, seinen inneren Stimmen zu lauschen, als lebe er noch, als wolle er sich von der feigen und feindlichen lärmenden Menge zurückziehen, als brauche er wirklich die drei Tage Totenruhe, um sich mit der göttlichen Seele der Erde zu unterhalten.

Dieses Gesicht betrachte ich, wie schon unzählige meiner Brüder vor mir, diese Züge verehre ich. Menschensohn – habt Ihr, meine Göttlichen, die schlichte Schönheit dieses Begriffs ermessen? Dieses Gesicht ist aus demselben Lehm geformt wie die unseren. Es ist unser Korn und unser Brot. Wie können wir darüber sprechen, ohne dieselben Worte wie Thérèse Martin zu verwenden, die folgendes in ihrer violetten Tinte auf ihr Karmelitenheft schrieb:

»Dein Antlitz ist meine einzige Heimat, mein Königreich der Liebe.«

In diesem Gesicht sehe ich, meine Göttlichen, ein Abbild unserer Erde, der Königin unter den Planeten. Seine Haare sind die liebkosenden Wellen des Meeres, sein Bart ist der glitzernde Nil, und seine Wangen die fruchtbaren Ebenen. Seine Augen unter den geschlossenen Lidern, sind sie nicht jene Inseln, auf denen alle Menschen eines Tages in Frieden und Wohlstand leben wollen? Und in seinen Jochbeinen sehe ich, ja, Morgenland und Abendland, vom Himmelszelt aus betrachtet, wo der Heilige Geist sein Werk bewundert, und wo die Besprenkelung mit Sternen wie der jubelnde Ausdruck seiner Freude ist.

Indem sie das geliebte Antlitz verunglimpften, beleidigten die Juden die ganze Erde. Deshalb breitete sich bei seinem letzten Atemzug Finsternis aus.

Auch ich habe diese Finsternis erfahren …

Jazz de la »mala noche«

I

Krise! Klirrende blaue Sonne! Delirium! Mala noche! Ich werde eingeliefert. Hinter hohe, unüberwindbare Mauern. Gut bewacht. Trübe, grauenvolle Aussichten!

Kalte Hölle, aufpoliert. Gott rächt sich, ich armer Idiot. Ich habe verbotene Türen geöffnet.

Ach, wann werde ich die menschlichen Straßen wiederfinden, wo der Ginster sich im morgendlichen Winde wiegt? Man soll mir mein Irland wiedergeben, das in sein Schicksal ergebene Connemara. Kieselsteine, Stroh, Torf. Herzhaft in die Erde beißen.

Ich werde kein H. mehr rauchen. Ich werde brav sein. Meine Hände werden nur noch Getreidehalme umklammern. Ich werde beten. Die Granitfliesen sind blau, die Harfen singen, die Pilger schreiten vorwärts, o mein Volk! Der Tod kommt. Er kommt von Gott.

Zurzeit schleppe ich mich vorwärts wie ein krankes Tier. Meine Finger zucken, wie die eines Mörders. Ich sabbere, eine unwiderstehliche Kraft wirft meinen Körper nach rechts, nach links. Meine Töchter, spinnt Ihr Eure Wolle. Schlaft ruhig und in Frieden. *Lonla lonlaine.*

Der Mensch will immer weiter vordringen, zu weit.

Bauer, deine Pferde bringen dich zur Quelle unter den Haselsträuchern. Nimm mich mit. Auf dass ich dieser stinkenden Welt den Rücken kehre.

Roter, grüner, weißer Alkohol. Rauschendes Fest. Und ich wollte, dass alle Menschen meine Freunde wären.

Mein Kopf zerspringt. Ach, diese Gedanken, die mir unwillkürlich entweichen. Mir schaden. Gedanken wie Ratten.

Die Lampe wird erlöschen, ich bin sicher, dass sie erlöschen, mich im Stich lassen wird, dass die Nacht erlöschen wird. Das wird schrecklich. Ich rufe. Worauf warten sie? Sie werden mich krepieren lassen. Wir machen dir ein schönes Begräbnis. Das höre ich. Wir machen dir ein schönes Begräbnis. Barden beugen das Verb »lieben«. Worüber beklagst du dich? Da werden Hunde sein, die deinen Körper lecken. Worüber beklagst du dich? Bindet mich fest! Nein, ich will nicht. Bindet mich los! Ist das eklig!

Meine Göttlichen, ganz weit weg, meine Fernen. *Lonla lonlaine.*

Dieser scheußliche Gestank nach Marihuana. Welch verkommene Pflanze, Pflanze des Todes. Vertreibt mir diesen Geruch! Schlechtes Leben!

Das Hirn löst sich auf, wie Eis im Frühling. Armer Trottel. Mehr Luft! Oh, der Wind! Wie ich den Wind liebe! Ihr wisst ja gar nicht, wie sehr ich den Wind liebe! Wann wird er sich wieder über der Hoffnung der Strände erheben? Gott gab uns den Wind, damit uns ein Bruchteil seines Atems zuteil werde. Der Wind. Wenn Ihr wüsstet, was ich im Wind alles sehen kann. Mein schönes Schiff an der Pointe de Trévignon, unter seinem Fockmast hebt sich das Meer und die Vögel stürzen herab.

Der Wind, das Meer. Ich habe alles gehabt. Ich habe alles bekommen. Was wollte ich darüber hinaus denn noch finden? Das Böse hat mich zum Kentern gebracht. Segeltücher schmutzig.

Ich werde zu den Meinen zurückkehren. Und dann schreibe ich Güte. Ich schreibe Sanftmut, die Aufregung der Vögel, die Verzweiflung der Tiere, welche die Hand des Menschen verletzt. Ich werde mein Herz wiederfinden. Vielleicht auch die Glückseligkeit.

Ich werde meine Hütte wiederfinden. Ich werde das Feuer in Gang halten. Schreiben. Das Feuer schüren. Ein Klagelied komponieren, für die Hecken, für die Schwalben, für die Holzscheite und Flammen. Der Wind wird meine Vorhänge schütteln. Ich werde mein Brot essen. Meine Aufgabe erledigen. Ich werde in meiner Vergessenheit ruhen. Den Mauern von alten Sünden erzählen. Heilige werden kommen und mich lossprechen, kraft der guten Hände des Oktobers. Und dann werden meine Göttlichen kommen, sich mit den Disteln von Kersidan unterhalten, im Erbarmen des Meeres baden. Ich werde weder glücklich noch unglücklich sein. Von dort zurückgekehrt, sonst nichts. Demut ist der Beginn allen Heils. Ich werde Ruhe und Stille komponieren. Abends meine Gebete sprechen. Quellen und Seegras besingen. Mein Abendland der Vernunft …

Ich bin leck geschlagen, ich krieche, krümme mich. Das Kap umsegeln, den Morgen erreichen.

Morgenrot, Mittagsstunde, Abenddämmerung. Wie sehr ist die Sonne mit uns, und wie blind sind wir für ihre Schönheit. Und wie begehrenswert sind die Häfen, wenn sie sich mit dem Meer vermählen. Wir haben das Schauen verlernt. Mönche, Bettler, die einzig Weisen.

Aus der Tiefe meiner Finsternis, ad te clamavi.

II

Marihuana, faulige Pflanze, Essenz der Lumpen und Verdammten. Sie werden kommen, die unerbittlichen Pfleger vom Schlachthaus der Psychiatrie. Eingesperrt wirst du! Dir bleiben nur deine Lippen vor den Zähnen, deine Schreie werden durch die Mauern nicht dringen. Ein grauenvoller Scheol der Stille. Der Welt, den Lebenden, den Sternen entrissen, du wolltest es ja so haben! Auflösung deines Wesens im fiesen blauen Dunst. Zersetzt, verdampft. Ad te clamavi Domine. Und der ganze Alkohol rächt sich, macht sich lustig, korrumpiert dich. Frauen sind dir nunmehr verbotene Städte. Dein Bewusstsein, verrückt gewordene Ratte im Schädel, nichts als Verschwendung von Zeit, Erschöpfung von Zeit, Zersetzung von Zeit.

Ein Gefühl von Beschmutzung überkommt dich immer wieder. Die Teppiche sind rot davon. Dabei glauben sie nicht einmal an die Hölle. Ach, diese Unflätigkeit ihrer Intelligenz, ihr alberner Atheismus. Der Pilgerer von Santiago, die Füße von den Straßen zerschlissen, das Morgengrauen der Welt in seinen grünen Augen tragend, mein Bruder. Er hatte Gewissheit. Heute, Herz aus Beton, Gewissen im Winterschlaf. Wissenschaft, Herrscherin der Welt.

Unsere Liebe Frau von der Sozialversicherung, *pedit evidomp*. Und das in den Metropolen eingepferchte Vieh wird den Gesetzen der Mechanik unterworfen. Und wann erfolgt die große nukleare Erlösung?

Wenn ich nur aus dem Labyrinth entkommen könnte, zum Gras kriechen, auf die Ellenbögen stützen, und dann auf die Füße. Öffnet diese Tür! Ich rufe den Tag. Niemand hört mich. Ich habe keinen Namen mehr. Ich habe keine Haut mehr. Ich habe gar nichts mehr. Ich wohne nicht mehr in mir. Legionen aus Monstern belagern mich, sarkastische Riesenechsen. Die Uhren sind zerbrochen, die Zeit stagniert, ich bewege mich wie ein Wurm in ekelhaften Pfützen, wie Beute des lächerlichen Tropismus der Raupen. Ich würde am liebsten Frauenhälse umdrehen. Nein, ich will nicht. Wie soll ich mich vom Verbrechen fernhalten? Man soll mich in Eisen legen. Galeerensklave. Ad te clamavi Domine.

Der Wind, meine Hütte, mein Meer beim Paradies von Kerdruc, und der Gasthof unter dem Laubdach der großen Eiche. Meine Freunde müssen dort gerade Eiswürfel in ihren Whiskygläsern schwenken. Eine Möwe gleitet. Da sind grüne Pflanzen in Einmachgläsern. Vor kurzem habe ich dort verkehrt. Sie sprechen über mich. Ich bin sicher, dass sie über mich sprechen. Über meine Verrücktheit, über einige von mir verfasste Gesänge. Doch hätte ich gern auf Steinfliesen geschrieben, auf den Steilmauern, den Lenden der Häfen, wenn eine Yacht unter dem Schild des Ufers einläuft, ruhig, gelassen, feierlich, wenn der Himmel sich über dem Jubel der Möwen öffnet, wenn Bienen im Honig der Blumen singen. Die Schwelle des Gasthofs werde ich nicht wieder überschreiten. Die Seele des Geschirrschranks wird sich nicht mehr unter meinen Augen entfalten. Das Glück lag doch so nahe, und es gelingt mir nicht, mich darüber hinweg zu trösten, dass ich dies nicht verstanden habe. Vater, hier ist dein Sohn, siehe, wie das Unglück ihm zusetzt. Alles Unglück, Schuld und Gewissensbisse. Ich werde Kerdruc nicht wiedersehen. Meine Freunde werden mich nicht mehr begrüßen oder verabschieden. Ich werde keine Brise mehr am Achtersteven hören, und kein Heulen des Windmonats mehr in den zerzausten Tannen. Wie jedoch soll ich glauben, dass die Welt ohne mich leben könnte, dass die Schiffe weitersegeln, die Jahreszeiten wiederkehren, die Liebschaften, die Arbeit? Das Leben ist gut, die Erde ist begehrenswert. Meine Neugier war von Satans Griffel geprägt. Falls ich den Gebrauch meines Körpers und meines Verstands wiedererlange, dann werde ich wie ein Soldat sein, der das Desaster gesehen hat und weiß, woran er sich zu halten hat. Doch jetzt schleppe ich mich vorwärts, ich sabbere grünlichen, ekelhaften Schleim. Ich werde wie ein Soldat sein, der den Schlamm gesehen hat, den Tod, der von dort zurückgekehrt ist und an seiner Haustür träumend den Azur betrachtet. Wie ein Soldat, der Kreuze geküsst hat, blutige und leichenblasse Erde, und der auf der väterlichen Türschwelle sitzend den frischen Wind von der offenen See herbeisehnt. Und bald mit einem ewig gleichen Handgriff das reinigende Feuer im schwarzen Kamin in Gang halten wird. Sanfter Regen wird fallen, auf das Fleisch der Blätter, auf den fruchtbaren Boden, auf die blauen Dächer. Ach, mein Bedauern, mein ganzes Bedauern, welch ein Walzer! Ich tanze in meiner Kloake, meine Tränen sind nicht vorgetäuscht, meine Verzweiflung nur allzu lebhaft. Auf allen Vieren in meinem Kellerloch. Scham auf der Stirn, Eisen im Herzen, Nägel in den Handflächen. Und all die Gedanken, die mir entgleiten, auf mich einschlagen, wie grausige Raben um mich herumflattern. Wie soll ich dieser Zerfleischung ein Ende setzen? Wie kann ich mich selbst wiedererlangen? Es ist schrecklich. Eine Idee jagt die andere, und jede trepaniert meinen Schädel. Ich bin ein rissig gewordener, denkender Kahn.

Alles Übel des Universums ist nichts im Vergleich zu diesem Riss. Ich schwöre.

Ins Land der Eiben, Haselsträucher und Lochs. Frei sein, Flügel haben, wie im Traum. Oder wie der Matrose sein, der in seinem Boot von der Hafenkneipe träumt, von seinem Garten, seinen Hortensien. Hier verharre ich weiter im Stillstand. Hier bin ich wie eine Bodenprobe in sterilem Behälter. Keine Freunde, keine Frauen, keine Kameraden. Nur die Männer in Weiß, makellos, voll endgültiger, wissenschaftlicher Worte.

All diese Gedanken, die kommen, und immer wieder verschwinden. Unzusammenhängend, ein Gedankenwirrwarr, bösartig, gnadenlos feindselig, wie Schwerter. Fort von hier, die Türen zertreten, der erste Mensch sein, der zum ersten Mal das Morgenrot entdeckt.

Ich werde es nicht schaffen. Verrückt im Kopf, Wasser in der Lunge. Ich bin der schwächste aller Menschen. Ich hatte mein Leben geträumt, es aber nicht verwirklicht.

Ich hatte von unmöglichen Bruderschaften geträumt. Dabei werden sie mich nicht noch einmal erwischen.

Ich liebte verlorene Schlachten, blutigen Schlamm, junge Soldaten, die im Sumpf sterben. Ich gab meine

Seele den Hunden. Nichts als Dummheiten, Albernheit schlagender Herzen. Werde mein Weltbild revidieren müssen.

Den Antrieb zügeln, in mir die zarte Schwindhöhle der Liebe, jener hungrigen Wölfin, zustopfen. Aus Stein sein. Aus Stein. Aus Stein. Nicht mehr weinen. Nicht mehr um das Leid der anderen weinen. Mich verschließen, mich abschotten, in Winterschlaf fallen. Wenn ich über meiner Narrheit tanzen könnte, und sie mit Füßen treten, welch ein Jazz! Blauer Wahn, schwarzer Wahn, roter Wahn. Welch ein Tänzer könnte ich sein …

Mein großes Land war ein mystisches. Ich betrachtete es mit den Augen der alten Kelten. Inseln, noch jenseits der Nordmeere. Boote glitten auf den Wellen, Segel gesetzt, Vögel nisteten in den Nischen. Da waren Frauen, Kinder, die schönsten Geschöpfe. Wehende weiße Haare, violette Augen. Eine bleiche Sonne schwebte immerfort über jenem unschuldigen Volk. Weiße Herden grasten auf der vom Tau getränkten Vegetation. Primitivste Kosmogonie gründete sich auf einem Christentum ohne Strafe, und selbst der Efeu an der Nordseite der Tempel besang die Ehre Gottes. Die alten Legenden nannten dieses Land »Tír na nÓg«, das Paradies der ewigen Jugend. Mein Fehler war, von dieser Glückseligkeit in seelenlosen Landen zu träumen, in Gegenden der Dummheit, in Regionen bewohnt von Kadavern. Ach, ich müsste ein- für allemal die Illusionen meiner Hoffnung niedersäbeln, Stufe um Stufe die Leiter der Lüge herabsteigen und in den Wogen des Vergessens versinken.

Ich habe Ganoven geschaffen, und Poeten. Poeten und Heilige. Eine Torheit mehr. Wenn mein Verstand firm gewesen wäre, hätte ich mir diese idiotischen Metamorphosen gespart, und die Liebe der Frauen hätte meine mildtätige Phantasie vorteilhafter genährt. Jetzt mache ich mir klar, dass ich überall auf Metall stoße, ich erkenne die Hände, die sich mir entgegenstrecken, und ich bin aus Eis. Aus Marmor. Ich muss mich neu erfinden, schonungslos, meinen Schiffsrumpf auf sichererem Gestell neu zusammenbauen.

Welche Schuld muss ich abbüßen? Ach ja, noch immer dieses stinkende, verfluchte Marihuana. Warum wollte ich das Unmögliche, warum meine Frau umarmen, und ihre Kindheit gleich dazu? Dieses Gefühl von Beschmutzung. Hatten mir nicht Priester erst vor kurzem den Geist verpfuscht? Warum immer das Handeln des Fleisches, die Wissenschaft der Nacht, mit Strafen belegen?

Weg von dort, raus da! Aus diesem Raum, aus diesem grässlichen Qualm. Aber wenn sie mich ins

Irrenhaus sperren, werde ich vor Wut und Elend eingehen. Wen soll ich dann rufen? Welchen Heiligen? Welche Frau? Welche Armee? Ach, diese Inschrift auf dem Turm des Schlosses der Herzöge der Bretagne, unter dem weiß-schwarzen Banner: »*An dianav a rog ac'hanon*« – das Unbekannte verschlingt mich. Nur ein Mönch hatte sich so etwas ausdenken können. Jene keltische Sprache, die meine, jene alte Leidenschaft für den Ursprung und die Zahlen, die Wissenschaft der Zeit, der Zeit jenes göttlichen Tages, der uns in seinem Passatwind wiegt. *An dianav a rog ac'hanon*. Und jene althergebrachte Anrufung der Druiden und Barden:

»O Gott, gib mir Kraft, auf dass ich durch Kraft zum Lernen gelange, und durch Lernen zum Wissen, und durch Wissen zur Liebe.«

Gott verschlingt mich. Meine Kraft war der Wind. Mein Lernen war das Meer. Mein Wissen war die Welt. Und meine Liebe war weit wie der Horizont von Aran. Ich habe immer weit vordringen wollen, segeln. Weiter segeln. Ich hatte Hunger, nach allem. Nach dem Ganzen. Das Unbekannte hat nie aufgehört auf mich einzuhämmern, mit allen seinen Schnäbeln. Durch mein Menschsein berge ich in mir das ganze Mysterium der Welt. Auf den Hügeln der Bretagne, in den Bergen Spaniens und Nordafrikas, unter Buchen und Eichen und in Olivenhainen hätte ich gern die Melodie meiner Suche geschrieben, mit meinen Fingern aus Fleisch, mit der Tinte meines Bluts. Endgültige Sätze. Stolze Stelen. Bis jetzt habe ich mich kaum aus meiner Höhle herausgewagt. Meine Haare, die mir auf die Schultern hängen, und meine Weste aus schwarzem Samt waren der Ausdruck für die Nacht, und das Rot meiner Pupillen für das Feuer und die Wut. Denn die Wut war mein Wort, eine nicht zu unterdrückende, alltägliche, treue Wut, wie eine Geliebte: die Menschheit hatte sich in der Richtung geirrt, sie hatte das Geheimnis des Heils verloren, das Wissen. Ich trauerte um die alten Kulte, die Rituale im Dunst von Algen und Weizengarben, die »*tan-tad*«, Freudenfeuer auf heiligen Lichtungen, die Gesänge und Tänze. Ich war ein Mann der *Festoù-Noz*, den Festen der Nacht. Geprägt von den schrillen Klängen der Bombarden, den Kreistänzen, dem feierlichen Miteinander. Clans und Dörfer vermählten sich unter dem Dach junger Blätter. Wir haben dieses lebensfrohe Wissen verloren, indem wir den Sinn für Luft, Wasser und Feuer verloren haben. Staat, Fabrik, Präsident, das ist die neue Trilogie der Abhängigkeit. Ich möchte der letzte Indianer des Amazonas sein, dem Verfall entkommen und die Sonne verehren. Um frei zu sein.

III

Der ekelerregende Geruch verfliegt. Die Gedanken ordnen sich. Vielleicht wird mir das Krankenhaus erspart bleiben, und die Pfleger. Ich werde nur noch herkömmlichen Tabak rauchen. Schluss mit den tragischen afghanischen Phantasmagorien. Ich werde es jenem Freund, der mir dieses giftige Geschenk bei seiner Rückkehr aus Kabul mitgebracht hatte, sagen. Ich bin für diese gepanschten asiatischen Genüsse nicht geschaffen. Frei, unverblümt und vorrangig sollen meine Liebschaften sein. Kein Mohn. Und mein geliebter Alkohol, wie soll ich davon loskommen? Werde ich an jeder Raststätte, in jedem Lokal, auf jeder Festlichkeit kämpfen müssen? Das wird aufreibend …

Und die Freunde entfernen sich. Ich bin jener einsame Spaziergänger auf der Hafenmauer, bei der gelb schimmernden Mole, oder vielleicht jener melancholische Wanderer auf den Dünen, zwischen dem Erlöschen des Tages und dem Einbruch der Nacht, der wandert ohne zu wissen wohin, krächzende Raben hinter ihm her, fröstelnd unter seinem zerschlissenen Mantel.

Zu sehr geliebt gehabt, und deswegen in Vergessenheit geraten. Schweigen, Missachtung. Ich habe keinen Stolz mehr. Ich will nur noch die alte Sprache wiederfinden, die Übereinstimmung zwischen Wort und Gedanke, den urtümlichen Gesang. Ich möchte genauso klar wie die Wellen sprechen, genauso endgültig wie die Pflugschar in der Erde, ich möchte meinen Acker bestellen.

Ja, und jetzt wendet sich mein Denken, ich entsteige dieser Höllenqual, die Wirkung der Droge lässt nach. Ich kann einem neuen Leben entgegenblicken, mich ohne Wenn und Aber verbrüdern, weiter voranschreiten nach erzwungener Unterbrechung und Verletzung. Werde ich jetzt meine Behausung wiederfinden, am Ende des Wegs, zur Osterzeit?

Geist, Feuer, Güte, Erlen …

Frauen werden mein Weißdorn sein.

Ich kehre gestärkt zu den Lebenden zurück. Ausgerüstet mit neuer Weisheit, ausgebildet in Visionen, abgehärtet durch die Einsamkeit, auf wundersame Weise aus dem Tal ohne Wiederkehr gerettet, schätze ich die Gutherzigkeit des Lebens. Das was ich weiß, werde ich nur noch den Kindern erzählen.

Vielleicht werde ich einen Blick auf das Glück erhaschen, ohne Angst vor Fehlern, ohne Furcht vor Verrat. Es tut mir nicht leid um meine Gefährten, die ich verloren habe. Jeder erschafft sich selbst, rührt sich seinen eigenen Kleister aus Schmerz und Freude an. Am besten ist es, man gibt, ohne Gegenleistung zu erwarten. Vielleicht folgt nun auf meine Periode des Schreibens eine Periode der Meditation? Ich glaube an Wandlungen. Der Mensch wird durch Schmerzen geboren, und dann durch sein Voranschreiten. Er besitzt sein vollständiges Sein erst bei seinem letzten Atemzug. Die Rose ist in dem Moment am schönsten, wo sie anfängt zu verwelken. Wir werden aus drei mal hundert Toten geboren. Ich war Träne, Holz, Feuer, Stein. Später werde ich Mund, Wasser, Meer sein. Ich war, ich werde. Es gibt keine Gegenwart.

Ich sabbere nicht mehr. Ich kotze nicht mehr. Ich lerne wieder meine Hände zu benutzen. Das Herz schlägt regelmäßig. Ich warte auf den Morgen, ohne die Abgründe zu fürchten, die ich vorhin noch fühlte. Ich weiß, wer ich bin. Die blaue Sonne hat mir die Grenzen meines Ackers klargemacht. Die totale Lust gehört nur Gott allein. Diese neue Erkenntnis wird mir wertvoll sein, wenigstens das. Ich setze meine Fahrt fort, ohne ins Schleudern zu geraten. Unfälle kommen einen heutzutage ganz schön teuer zu stehen.

Nein, ich sabbere nicht mehr, ich kotze nicht mehr. Ein heller Lampenschein wird sich auf meinem von nun an immobilen Grund und Boden ansiedeln. Ein beklagenswerter Krieger, dem die Frau mit einem feuchten Tuch Stirn und Nacken kühlt. Hat der Geist mich so heftig verbrannt? Verstehe das, wer will.

Es wird ein Morgen geben, und noch viele weitere Tage. Ich werde die Sonne aufgehen, und den Mittag über Wellenkronen auflodern sehen. Köstliche Gerüche von Tieren und Pflanzen werde ich wahrnehmen, um die Abgründe wissend, denen ich entstiegen bin. Es wird wundervoll sein, mich mit Verstand ausgestattet zu wissen, Wege zu treten, Ginsteressenz zwischen meinen Handflächen zu pressen. Das Königreich der Matrosen in der Bucht von Trévignon zu betrachten. Vielleicht werde ich sogar die geliebten Straßen Nordafrikas wiedersehen, die Moscheen, Völker und Herden. Und jene geheimnisvolle Einsiedelei in den Bergen, die Christus mit Sicherheit besucht hat, vertreten durch die Erscheinung eines Missionars, der Theologe war, und Krankenpfleger. Und die Medinas! Die Paläste! Die Ksars! Wie konnte ich so vor Verzweiflung und Misere jammern, wo ich doch für immer diesen erhabenen Besitz in mir trage? Welch ein Schatz, welch ein Rubin! An dieser Beute werde ich mich laben. Nur nicht allzu versessen.

IV

Es ist vorbei. Meine Lippen trocknen. Die Übelkeit ist verschwunden. Das Herz spielt nicht mehr verrückt. Ich sehe die weißen Pfleger nicht mehr, mit ihren tentakelartigen Händen. Ich habe meinen Namen wiedergefunden, meine Vergangenheit und meinen Orient zurückerlangt. Demenz besiegt. Die Gedanken ordnen sich, die Millionen von Ratten haben sich aufgelöst. Die Freude an Fabeln wird die Begeisterung fürs Delirium bekämpfen. Die rigiden Regeln der Syntax werden nicht den Wurf eines Gedichts behindern. Du brichst wieder auf, auf neuen Wegen. Du gehst weiter, mit dir selbst. Du gehst weiter, mit anderen Begleitern. Du richtest deinen Bergfried wieder neu, erfindest andere Welten. Du bist geboren um zu erschaffen. Du wirst wie ein Eingeweihter sein, ein reineres Metall, nach bestandener Feuerprobe. Du wirst besitzergreifend auf der Erde wandeln, denn du hast den Verlust derselben einen Moment lang erlitten. Glockentürme sollen läuten! Messen sollen gefeiert werden! Die Seele deiner Generation soll sich im Hades erfreuen. Singvögel sollen vor Freude zwitschern! Wolken sollen über deinem Sonnenuntergang wirbeln! An den gesegneten Ufern des Burggrabens soll Hahnenfuß blühen! Stumme Güte, glasklare Freude, das Lachen eines Geretteten wirst du haben. Du knetest deinen Brotteig aus dem Korn deines eigenen Schmerzes und deiner unbegrenzten Hoffnung. Du überlässt die niederen Begierden den Sklaven und Sodom den Philistern. Du wirst zu einem weißen, jungfräulichen Tuch in den Händen von Mutter Natur. Du wirst zu einem Sandstrand, der niemals betreten wurde, niemals beschmutzt, niemals zerfurcht und umgewühlt. Das prächtige Morgengrauen betrachtest du als einen Sieg. Du preist diejenigen, die dir Erde und Leben gaben, deinen bäuerlichen Clan, deine fernen Dörfer. Du erziehst deine Kinder im Respekt des Zeichens, der Kenntnis des Wortes und der Liebe zu Gott.

In Wirklichkeit hast du dich immer nur nach Unschuld gesehnt. Du bist zwischen kranken Seelen umhergeirrt und hast bedauert, dass sie unfähig waren, ihr Leiden zu benennen. Ball der Unschuld!

Einige fielen schlechtem Wein anheim. Andere verfaulten in bösen Absichten. Und all jene, die vom Krebsgeschwür der Wollust zerfressen wurden.

Uns wurde die Rettung doch aber versprochen. Hört Ihr denn nicht die Schritte der Erzengel zwischen dem Flieder, den sanften Klang des Paradieses?

Endlich erwacht der Tag. Die Poeten können wieder schlafen, Hoffnung an ihrer Seite.

Meine Göttlichen, ich bin ein Seemann, der auf wundersame Weise dem Schiffbruch entgangen ist und nun zu Euch zurückkehrt.

Requiem für einen prophetischen Bruder

I

Meine Töchter, Jean ist tot.

Da liegt er, in seiner schönen Wohnung in Fougères. Weiße Wände. Sehr hoch. Er ruht auf einem Diwan. Die Wände scheinen diesen Anblick hervorzuheben, anstatt ihn zu kaschieren. Aus seinem schönen bestickten Hemd guckt sein Gesicht hervor, erstaunlich ruhig, unerwartet gelassen. Mein Herz zerspringt vor Trauer. Jean, mein Bruder, mein Freund, im Tode ähnelst du einem Kind. Die nachtblaue Krawatte, die Jeanne dir angezogen hat, erinnert mich an deinen treffsicheren Geschmack, deine Eleganz, zu Lebzeiten. Zu seiner Rechten, auf dem Nachttisch, ein bloßes schwarzes Kruzifix, mit einem Christus aus Elfenbein. Im Halbkreis, dem Ruhenden gegenüber, sind jene versammelt, die ihn liebten. Meine Göttlichen, diese Szene lässt mich an ein spanisches Gemälde denken, ich weiß nicht warum. Von El Greco, sicherlich. So stirbt ein Katholik.

So stirbt einer, der meines Fleisches ist. Und meines Herzens. Und meines Lachens. Und meines Geistes. Ein Sonnenstrahl durchdringt den zu rauen Winter. »Nur fünfundfünfzig Jahre,« werden die Frauen zu berichten wissen. Als ob die Wissenschaft einem jeden sein Alter zum Sterben zuteilte.

Als Kind bewunderte ich diesen Mann. Als Erwachsener liebte ich ihn.

Meine Göttlichen, Jean, mein Bruder, ist tot. Lazarus ist tot.

Er war Arzt. Er hatte alle Gaben der Klugheit und der Gutherzigkeit. Er war nicht glücklich. Aber was ist Glück? Wer war Jean? Wir alle werden in einem mysteriösen Mörser zerrieben.

Weiße Wände. Ruheort. Das Gesicht, das kindliche, ein wenig bleich. Plötzliche Versöhnung eines Wesens mit sich selbst, kurz vor dem Tritt über die Schwelle, für immer. Eine Flut von Vaterunser und Ave-Maria kommt mir spontan auf die Lippen. Ein Aufflammen unverständlicher Freude durchleuchtet meine Tränen. Das unvermeidbare, uns seit Urzeiten begleitende Unglück der Endlichkeit siegt nicht über meine Hoffnung. Jean, mein geliebter Bruder, ich glaube an dich.

Er wollte geliebt werden. Ich weiß es. Liebe ist der

einzige Sinn des Lebens. Erhabener Hochmut der Liebe.

Meine Göttlichen, Jean ist tot. Betet für ihn.

Autos fahren vorbei. Auf der Straßc das gewohnte Kommen und Gehen von Passanten, irgendjemand summt eine bekannte Melodie. Das ist gut so.

»Die Eins gibt's nur allein: die einzige Not, der Tod.« Das Leben ist merkwürdig und märchenhaft. Der Übertritt ins Jenseits, das Verscheiden, ist ein Ereignis, das uns nicht überraschen sollte.

Ich hätte gern musikalisches Talent und eine Hymne anlässlich des Todes meines Bruders komponiert, eine Art Blues, den die Männer und Frauen nachts aufgriffen, vor hellen Kneipenfenstern, in ihrem Durst nach Alkohol und ihrem Hunger nach Gott, verloren wie sie sind, in ihren finsteren Vergnügungen, wundersam naiv, wundersam kindlich, bevor die Sonne über dem neuen Arbeitstag aufginge. Ich hätte gern ein melancholisches und tiefes Saxophon an meinen Lippen und dem schallenden Blech meinen brüderlichen Kummer und meine katholische Liebe anvertraut. Und ich wünschte mir, dass meine Melodie in den Straßen von New York, den Clubs von Savannah, den Parks von Rom und den Hochhäusern von Rio zu hören wäre. Ich wünschte mir, dass meine Musik Jeans Schritten auf Erden folgte, dass sie an Orte dränge, wohin er gereist war, wo er geliebt hatte, wo er getrunken und geweint hatte. Ich würde gern Lazarus' Tod rituell mit einer wohligen Jazz-Liturgie zelebrieren, ihn mit seiner emphysematischen Brust voller Nebel, Schleim und Spucke, in göttlicher und lebenspendender Luft gestorben, ihn und seine letzten Pulsschläge, seine letzten Gefühle. Ich möchte das Leben mit dem Tod versöhnen, Schwarz mit Weiß, und dazu noch meinen Glauben an die Parusie ausrufen, den herrlichen Tag, an dem Christus mit der Perfektion seines Herzens und seines Körpers wiederkehren wird, um den Menschen die Fragmente Gottes auszuhändigen, die ihnen abhandengekommen waren. Ich möchte, dass die Welt einen Moment lang aufhört, sich zu zerreißen, zu betrügen, zu betäuben und abzumühen, damit ihr bewusst wird, dass sie nicht mehr ganz dieselbe ist, seit Jean seinen letzten Atemzug getan hat. Ich möchte so sehr ihn noch lieben, jenseits der Finsternis und des Vergessens, ihn ewig lieben, mit meiner mannhaften Seele. Doch welche Musik wird jemals alle Tränen und alles Lachen menschlicher Stätten ausdrücken können? Ein unmögliches Memento. Alles in mir zittert und vibriert, und all dies wird sich im Fluss des großen Nichts verlieren. Wann endlich wird er kommen, der mit den Gaben des Guten und des Schönen ausgestattete Mensch? Und wann endlich werden das Gute und das Schöne sich für immer auf der verblendeten Oberfläche der Erde verankern?

Mein einziges Talent ist meine unheilbare und rätselhafte Nostalgie. Meine Töchter, ich kann es Euch nicht oft genug sagen: Jean, mein Bruder, ist tot, und sein Körper – noch menschlich, aber bereits erkaltet – wird dem widerwärtigen Prozess des Verfaulens überführt.

II

Jean hat seinen Tod kommen sehen. Sagt das nicht schon genug? Schon seit mehreren Monaten verfolgte ihn die Vorstellung seines Endes. Zunächst war er Beobachter, ja beinahe Komplize seiner Krankheit, und schließlich Beobachter und Komplize seines eigenen Todes. Als Arzt hatte er sein Leben damit verbracht, um das Leben Anderer zu kämpfen. Er wusste nicht, wie man kämpfen muss, um sich das eigene zu bewahren.

Und auch ich, meine Göttlichen, ich fühle das Leben langsam von mir gehen, und ich weiß nicht, wie ich dafür kämpfen soll, es festzuhalten. Ich bin von der gleichen Krankheit geplagt wie mein Bruder, und es ist eine vielseitige Krankheit. Unser Körper ist nur ein Abbild, und die Krankheit der Ausdruck eines verborgenen und tiefer sitzenden Elends. Und deshalb fühlt sich Jeans Tod für mich wie ein prophetisches Ereignis an.

Ich habe nur den Glauben. Abgesehen davon bleibt mir nichts.

Meine Göttlichen, wie Ihr wisst, war ich zehn Tage zuvor nach Fougères gefahren. Vierundzwanzig Stunden lang verbrachte ich am Rand des Grabes, am Totenbett des Lazarus. Ich werde mich an diese Zeit erinnern als die des großen menschlichen Kummers und der herausragenden Würde eines vernunftbegabten Wesens.

»Es ist schrecklich«, sagte er mir, »es ist vorbei. Ich weiß, dass es vorbei ist …«

Von allen Erniedrigungen, die ein Mensch erleiden kann, ist ohne Zweifel keine schlimmer als eine unheilbare Krankheit. Den körperlichen Verfall, den er bei jedem Atemzug und bei jedem Ausspucken messen konnte, hätte er gern vor mir verborgen. Wenn er wie ein Hund in seiner Höhle tief im Wald hätte verenden können, abgeschirmt von allen Blicken, ich glaube, er hätte es getan.

Das Emphysem – *vanishing lung*, schwindende Lunge, wie es auf Englisch heißt – ist eine fortschreitende und unaufhaltsame Sklerose des Lungengewebes. Die Bronchien verweigern auf mysteriöse Weise ihren Dienst. Die Folge ist allgemeine Schwäche, schleichend, ohne Schmerzen. Die Atemnot ermüdet auf Dauer das Herz, und der Kranke stirbt schließlich an Herzmuskelversagen.

Er zeigte mir seine Beine.

»Schau,« sagte er, »sie fangen an anzuschwellen. Es gibt kein Entrinnen. Ich lebe meine letzten Tage.«

Er stand Gott gegenüber. Gewissensbisse fraßen ihn auf. Er konnte sich nicht verzeihen, sich selbst nicht besser gepflegt zu haben, nicht mit dem Rauchen aufgehört zu haben. Tabak ist in diesem speziellen Fall das reinste Gift.

Ich tröstete ihn, wies ihn darauf hin, dass er nicht nur seine Schwächen und Verfehlungen in Betracht ziehen sollte. Ich kannte die ganze Großzügigkeit seines Herzens. Ich wusste um seine Hingabe als Arzt und als Vater. Ich wusste, dass er – genau wie ich – für ein weites und volles Leben gemacht war, und dass er ein halb gelebtes Leben als gar keins ansah. Er verschlang mich mit den Augen. Sein Blick – ein Blick wie eine zähe, lebhafte Glut – war das einzige, was die Krankheit nicht hatte angreifen können.

Große Augen, ja, um zu weinen. Der Rest war nichts als Ruine.

»Ich werde euch verlassen. Wie wird es für mich werden, danach?«

»Das ist das Geheimnis der Geheimnisse. Unsere Vorstellungskraft reicht in keinster Weise aus, um dieses Geheimnis zu erfassen.«

Jean war von großer moralischer, religiöser und philosophischer Festigkeit, im Gegensatz zu mir.

Seine klassische Kultur, die Tatsache, Arzt geworden zu sein, in die jammervollste irdische Realität eingetaucht zu sein, hinderte ihn nicht daran, das Jenseits ausschließlich in Bildern zu begreifen, die die Kirche uns geliefert hatte.

»Die, die glauben, werden gerettet, Jean.«

»Ja. Aber die Schwächen, die Dummheiten. Ich werde bezahlen müssen.«

»Mir scheint, du bezahlst schon seit drei Monaten. Und zwar ziemlich teuer.«

»Ja, das stimmt. Es ist hart, weißt du. Ganz schön hart.«

Er saß in seinem Sessel, in seinen Bademantel eingehüllt. Er war so dürr, dass sein Kleidungsstück nur ein Skelett einzuhüllen schien. Allein die Augen lebten intensiv, und das ganze Lebensfeuer seiner Seele schien sich in sie zurückgezogen zu haben. Heute glaube ich, meine Göttlichen, dass ich in diesem Moment eine Schallplatte hätte auflegen sollen: die siebte Symphonie zum Beispiel. Wegen des Wohlgefühls. Um noch einmal vom außergewöhnlichen und wundersamen Sturm menschlichen Genies überzogen zu werden.

Ich fuhr fort:

»Das Paradies, Jean, ich glaube daran. Die moderne Wissenschaft hat eine Art Erschütterung erlitten. Einen regelrechten Schock. Wissenschaftsglaube und Positivismus stehen plötzlich am Pranger. Wir entdecken, dass wir nichts wissen. Wir entdecken, dass es Milliarden möglicher Welten gibt. Wie wundervoll! Nehmen wir nur das Sonnensystem, unseres, wir entdecken seine Ordnung, seine verborgene Harmonie. All das, um wieder auf unserer geliebten Erde und bei den Symphonien von Beethoven anzukommen. Gott wandelt lachend durch die Galaxien. Er ist die Poesie der Poesien. Der Anfang und das Ende. Vater unser der Du bist im Himmel, geheiligt werde Dein Name. Er ist die Symphonie der Symphonien. Warum sollte er uns nach dem Tod im Stich lassen, wenn er doch die Materie der Sterne nicht dem Chaos überlässt?«

»Ja.«

Er sagte »ja« mit einer großen Freude. Unsere furchtbar fleischlichen Herzen schlugen im Gleichklang.

Ich fuhr fort:

»Ich glaube an den Heiligen Geist, ich glaube an das Meer. Das Meer ist göttlich, und aus seiner Allianz mit der Sonne ist alles Leben entstanden.«

Er mochte meine Ufer und meine Strände. Er kam oft nach Tréhubert, in meine sommerliche Cornouaille. Er mochte meinen Piratenunterschlupf. Am Ende seines Lebens, wie Lazarus, kaum mehr Atem, folgte er mir auf die Dünen. Dort setzten wir uns und betrachteten stundenlang die unendliche Weite des Ozeans. Seitdem wusste ich, dass er betete, indem er in seiner Tasche die Perlen eines Rosenkranzes durch die Finger gleiten ließ. Ich glaube, dass diejenigen, die am Meer beten, vom Schöpfer des Meeres gesegnet werden.

Ich sagte weiter:

»Atheismus ist kein Fehler des Herzens, sondern eine Schwäche des menschlichen Geistes, eine Beschränkung seiner Intelligenz. Meiner Meinung nach ist Gottes Existenz eine spürbare Realität.

Und sie hat nichts mit Verdienst zu tun. Sie ist Glück, Gnade.«

Meine Göttlichen, ich liebte Jean, er liebte mich.

Und er würde sterben. Aber er war noch da, seine Lippen nur noch Haut über den Zähnen, wie Hiob, mit seiner Angst, mit all seiner Liebe für die Seinen, seiner Liebe für die Erde, und verbrannte die letzten Flammen seines Lebens.

»Jean, wir werden uns in der Liebe auflösen, und am Ende der Zeit werden wir mit unserem jugendlichen Körper auferstehen. Wundersame Sinnlichkeit des Christentums, eine ständige Vermählung, ein ewiger Mai.«

Aber an jenem Tag im Januar, unter jenem Himmel des Todes, kalt und grau, konnte er mir nur mit Mühe folgen.

»Ich bin nicht mehr Herr meines Intellekts,« erklärte er mir, »ich kann mich nicht konzentrieren, kein Buch mehr lesen. Unterhaltungen ermüden mich. Mein Verstand folgt mir nicht mehr. Ich kann nicht einmal mehr beten.«

Und dann brach Jean in Tränen aus und ich betete zum barmherzigen Gott, dass er seine Tage verkürzen möge, und ich umarmte ihn ein letztes Mal. Ich erzähle Euch dies, um die Tiefe des menschlichen Leids zu bezeugen, und die Würde eines Christen, der von uns geht, leuchtend klar und innerlich zerrissen. Und am nächsten Tag, meinem Bruder entrissen, trug ich in meinem Gepäck nichts als enorme

Trauer, und ich weinte in der Nacht, erfüllt von kläglichem Mitleid. Ich sah ihn nie wieder.

»Sein letztes Wort war ›Licht‹,« berichteten mir seine Kinder.

»Wie kam das? Erzählt!«

Und dann sagten sie:

»Es war so: Er saß auf seinem Bett und wir um ihn herum. Plötzlich richtete er sich auf und sagte: ›Ja, ja, das Licht‹. Wir fragten ihn ob er wolle, dass wir die Rollläden schließen. ›Nein, nein, das nicht‹, antwortete er. Und dann sagte er wieder: ›Das Licht, das Licht.‹ Dann fiel sein Kopf aufs Kissen und er war tot.«

III

Kann es sein, dass die Reste meines Bruders jetzt auf diesem Katafalk ruhen? Der Anwesenden sind wenige, nur Familie und engste Freunde. Jean wollte es so, aus Scham und Diskretion. In mir regt sich Widerstand. Die Messe ist auf trübe und traurige Weise banal. Meine Lippen möchten singen, mein Herz möchte beten. Ich kann es nicht. Der Offiziant hält seine Messe wie Dienst nach Vorschrift. Ein Kirchendiener, kein Prediger. Draußen regnet es.

Schmutziger Morgen. Nein, ein Kind des Lichts beerdigt man doch nicht so! Meine Göttlichen, so eine erbärmliche Messe an so einem großen Tag! Auf diese Weise wird mein Bruder Jean zur Unbedeutsamkeit reduziert. Man könnte meinen, die Beerdigung eines blinden Passagiers, den man sich aus Angst vor Ärger mit den Behörden beeilt loszuwerden. Ein Sarg im Transitbereich, eine lästige sperrige Kiste. Meine Seele begehrt auf. Dies irae. Ein paar unterdrückte Tränen. Taschentücher schamhaft unterm Ärmel versteckt. Nein, nein! Ich möchte der gleichgültigen Stadt zurufen, dass es Jean ist, der hier liegt, ein Mann, der seine Geschichte hat, der sein Leben gelebt hat, der geliebt, gelitten und geglaubt hat. Aufstehen, hinsetzen, niederknien, wieder hoch, Pfarrer benehmen sich heutzutage wie Spielfiguren. Ich rede mir ein, dass ja alles Religion ist, und dass sich hier nur laizistische Neutralität zeigt. Aber wo ist Platz für die Liebe, wenn alle Poesie verjagt wird? Lazarus hatte wenigstens den blauen Himmel, den Affodill, das Öl, das jüdische Gemurmel. Und jenes große Libera, das vor kurzem erst unsere Tränen ausgelöst hatte, und mit ihnen unsere unbändige Hoffnung. Niemandes Mund stimmt es an. Der Abschied in einer Fabrikhalle wäre kaum trister gewesen. Ist eine Kirche der Besiegten denn erstrebenswerter als eine siegreiche, jubelnde Gemeinschaft der Gläubigen? Alles hier ist Niederlage: die tonlosen Verse, das fast verschämt heruntergeleierte Responsorium, ärmliche Floskeln, protokollierende Bestandsaufnahme. Kündigt man so das Wunder der Wiederauferstehung an? Mir ist kalt. Kalt in der Seele, wegen dieser lächerlichen Formalität, die den Tod eines geliebten Menschen umrahmt. Ich habe Lust zu fliehen und in einer abgelegenen Kapelle Lieder der Liebe und des Feuers zu singen. Ich habe Lust im Glauben zu brennen, mit dem Geist meines Bruders zu kommunizieren. Welch ein in seiner Flachheit doppelt nekrotischer Gottesdienst! Querflöten der Anden, indischer Gesang aus Benares, der an den Ufern des großen Ganges zum Sandelholzduft ertönt, kommt zu mir! Gregorianische Messe aus der Tiefe irgendeines Klosters in der Zärtlichkeit des Morgenrots, komm zu mir! Bardisches Memento im mächtigen Wind der Meere, komm zu mir! Das liturgische »Aggiornamento« der katholischen Kirche ist nichts als eine ärmliche Sparflamme. Spielende Kinder, die irgendwo auf dem Feld einen toten Vogel begraben, erfinden schönere Liturgien.

In Wahrheit kann die heutige Zeit nicht mehr beten – und wenn sie wirklich betet, dann außerhalb der Altarräume. Ja, sie betet zum großen Unbekannten, im Verborgenen, in fahlen Nächten, zu herzzerreißender Jazzmusik, zum betörenden und virtuosen Orgelsound schwarzer Orchester, sie betet durch betrunkene Lippen, in einer Mischung aus sinnlicher Gnade und Melancholie. Sie betet ohne Priester und ohne Diakon, in der Leere glühender Städte, auf den Massenveranstaltungen der Hippiebewegung, oder bei brüderlichen Demonstrationszügen protestierender Arbeiter.

In unseren Autos fahren wir zum Friedhof. Wir gehen über endlose Alleen, vom hartnäckigen bretonischen Sprühregen durchnässt. Es ist ein Morgen ohne Vögel, ohne Sonne. Ich hätte gerne die Vögel in kalten Winterstrahlen singen gehört. Ich kann nicht glauben, dass ich Jean nicht wiedersehen werde, dass ich nicht mehr mit ihm über Politik und Literatur diskutieren kann, dass wir keinen wunderbaren Scotch mehr gemeinsam in brüderlicher Eintracht trinken werden, unsere Herzen gierig nach Wissen und nach Liebe.

Wir folgen in Gruppen dem langsam fahrenden Leichenwagen, in dem sein Körper unter weißen Leintüchern anfängt schwarz zu werden. Auf solche Weise geht ein geliebter Bruder. In die flache Erde hat man ein Loch gegraben. Keine Familiengruft, kein Gedenkstein. Nur die Erde, der einfache Graben im lehmigen Boden. Mir ist das lieber so. Schon stehen die Männer bereit. Sie haben den Sarg auf dem Holzgestell abgesetzt. Einer nach dem anderen besprenkeln wir ihn mit Weihwasser. Ich denke, dass dieses Grab besser zu einem Fremden, einem Bettler, einem namenlosen Soldaten gepasst hätte. Die letzte Ruhestätte meines Bruders hätte viel lieber neben meinem Vater im Familiengrab in Landivisiau ihren Platz haben sollen. Aber nein, Jean hatte es so gewollt. »Wenn es vorbei ist, ist es doch völlig gleichgültig, ob mein Körper hier oder dort ruht,« hatte er mir gesagt. Aber das waren die Worte eines Lebenden.

Es ist vollbracht. Wir gehen zurück, reden wieder lauter, befreien uns. Ich glaube sogar, Hunger zu spüren. Starr vor Trauer und der Kälte des Januars haben wir das Bedürfnis zusammen zu sein und über den zu reden, der nicht mehr selbst reden kann. Meine Göttlichen, so ist Jean gestorben, und so wurde er begraben. Und wenn ich für ihn einen weniger banalen und weniger farblosen Gottesdienst gewünscht habe, dann weil Liebe nach Gesang verlangt, und weil sich in den vergänglichen Städten die Hoffnung der Christen entflammen muss, angesichts der Trostlosigkeit des Unglaubens. »Das Licht, das Licht,« hatte Jean gemurmelt. Lux aeterna besteht fort … Aus der Tiefe des Abgrunds rufe ich hoch: er war auch ein Kind der Sonne! Und ich rufe weiter. Und ich erweise ihm Ehre. Wir werden in die unsterbliche Stadt einziehen, und zwar nicht trotz unserer Fehler und Vergehen, sondern weil wir es uns verdient haben. Niemand, der an das Paradies glaubt, hat das Recht zu schweigen. Jean befindet sich jetzt am Ende des Kreuzwegs. Meine Herren Amtspriester, ich wollte für ihn einen lyrischen Gottesdienst, »weil es um ihn geht, und weil es um mich geht …«

IV

Das ist es, meine Göttlichen, was ich Euch sagen wollte. Ich beende dieses Manuskript am Pfingsttag. »Und alle wurden wir mit dem einen Geiste getränkt,« sagt der Apostel Paulus. Ich hörte den wundervollen Gottesdienst an diesem Tag, und die Tränen stiegen mir in die Augen.

Ich glaube tatsächlich, meine Göttlichen, dass ich fortgehe, dass ich meine Reise beendet habe, dass die grausigen Wölfe des Todes mir auflauern, und dass sie mich zerreißen werden. Die gleichen wie bei meinem Bruder.

Also gut, ich werde gehen. Ich werde mein Werk als Mensch vollbracht haben. Freilich wäre die passendste Widmung, die ich diesen Zeilen voranstellen könnte, folgender Ausspruch von Georges Bernanos: »Wenn ich nicht mehr sein werde, dann sagt dem süßen Königreich Erde, dass ich es mehr geliebt habe, als ich es jemals zu sagen gewagt hätte.«

Aber heute, wo ich noch glücklicher Besitzer meiner intellektuellen und moralischen Fähigkeiten bin, möchte ich Euch sagen, dass Ihr diese Erde lieben sollt, dass Ihr an den Geist in Euch glauben sollt, und daran, dass er Euch nicht verlassen wird. Ich möchte Euch mit Nachdruck sagen, dass der Geist Barmherzigkeit ist. Glaubt mir, dass mein einziger Meister heute Jesus Christus von Nazareth heißt, und dass ich keinen anderen habe. Ich möchte Euch ebenfalls sagen, dass die Leute, die mir am meisten Leid zugefügt haben, Pharisäer sind, und dass ebenfalls sie es sind, unter denen mein ernüchtertes Fleisch zu leiden hat.

Pfingsten war für mich als Schriftsteller immer ein besonderes Fest. Alle Religionen vereinen sich bei der Feier des großen Urhauchs, vom Ganges bis zum Jordan sind die Worte der Hoffnung und die Ausrufe der Freude praktisch die gleichen. Hauch! Wind! Feuer! Wir sind mitten in der Glut! Pfingsten ist die universelle Übereinkunft von Ostern. Gott sei gelobt!

Ich habe alles geliebt, was zu lieben möglich ist. Und wenn verborgene Tränen meine Wangen zerfurcht haben, so segne ich sie dennoch, denn es heißt, dass die, die geweint haben, getröstet werden.

Ich müsste tanzen, trotz meiner verfaulten Lunge, trotz allen Gifts und aller Schwächen. Ich werde »mit meiner Seele und mit meinem Körper« in das unvorstellbare Königreich heimkehren.

Ihr werdet Euch mit der Erforschung der Wunder der Erde befassen, den Hoffnungszeichen unter dem Mantel der Lügen. Ich bitte den Geist, dass er in Euch bleibe, und dass Ihr in ihm bleibet. Ich bitte ihn, dass Ihr Euch ihm ganz und gar anvertrauen möget, und dass er Eure Verletzungen heile und Euren Durst lösche.

V

Ja, ich habe alles geliebt, was zu lieben möglich ist. Ich habe Freundschaft geliebt, ich habe Liebe geliebt. Ich habe sie genauso wild geliebt, wie das Meer die Küste liebt. Wie der Wind die Bäume liebt. Ich bereue sie nicht, diese heftige Gier. Ich habe mich hingegeben, mein Leben hingeworfen, in den Bars und in den Herzen. Ich war wie eine Herberge, die niemals schließt. Ich habe mein Leben in Rhapsodien, Sagas, Balladen geworfen. Ich habe die Morgen und die Abende geliebt. Und die Schäfereien. Und alle menschlichen Ansiedlungen im ewigen Gedicht der Schöpfung. Welch wahnsinnige Gnade, beinahe tragisch, weil gewaltig und überwältigend. Ich mache Euch, meine Göttlichen, zu meinen Erben.

Ich habe alles geliebt, was zu lieben möglich ist. Und durch diesen brennenden Verbindungskanal habe ich am edlen Weltenklang und an der Wahrhaftigkeit Gottes teil. Ich habe geliebt, ich habe geweint, ich habe gesegnet. Ich habe die Sonne geliebt, die gedemütigten Hunde. Ich habe mein Land geliebt, ich habe mich geschlagen. Ich habe gestaunt und bewundert.

Ich habe eine beinahe körperliche Wahrnehmung für Gut und Böse. Manchmal war es furchtbar, manchmal wundervoll. Heute weiß ich, dass das Böse nichts als lächerliche Unfähigkeit, und der Unglaube nichts als unglaubliche Krankhaftigkeit ist. Ich weiß, dass das Fest existiert, und ich kann heute sagen, dass es diese Gewissheit ist, die mich dazu getrieben hat, Euch diesen verrückten Brief hier zu schreiben.

Ich wurde geschaffen. Und ich habe geschaffen. Ich habe meinen Vater in Ehren gehalten, und ich hoffe, dass Ihr es mit meinem ärmlichen Namen genauso tun werdet, damit Ihr Euch mit den grundlegenden Wahrheiten der Menschheit verbinden könnt. Lange Zeit hatte ich in meinem hartnäckigen und trübseligen Pessimismus geglaubt, Geschichte habe keinen Sinn, und dass sich in irgendwelchen unvorstellbaren Grausamkeiten Gottes Launen manifestieren. Heute nähere ich mich der Überzeugung, dass die Geschichte einen unverhofften Weg beschreitet, und dass letzten Endes – trotz aller Schwankungen, trotz der Kriege, die jede Epoche heimsuchen, trotz der Verirrungen des Intellekts, der Knechtschaft, der Ketten, des Bluts und des Todes – der Mensch als Gewinner aus all dem hervorgehen wird. Die Gattung spielt Verstecken mit ihrem Schöpfer. Oh ja, ich lege Wert darauf, es zu wiederholen: Gott ist Poesie, und Poesie ist Liebe.

Ich kehre heim zum Geist als vagabundierender Straßensänger, und in meinem letzten Atemzug möchte ich das Wort »Bonjour« sagen.

Ich habe alles geliebt, was zu lieben möglich ist. Ich habe gelacht mit dem Lachen des Meeres. Ich habe geweint mit dem Leid der Vögel. Ich habe getobt, ich habe vor Liebe aufgestampft, auf allen

Wegen. Ich habe die Menschen gegrüßt, im Vorbeigehen, ich habe den Roggen gegrüßt, den Weizen, die Städte.

Nach diesem Buch werde ich vielleicht nichts mehr machen, außer ein schönes Lied.

Meine Seele, aufgeblasen wie ein Segel im gewaltigen Nordwestwind.

Ich kehre heim zum Geist und erinnere mich, meine Göttlichen, an alle guten Dinge auf der Erde, durch die Reime der schönsten Gedichte, durch die Sonne der Barmherzigkeit.

Ja, ich habe nur Gott gesucht, überall, auf den Wegen, in den Bars, in den Vergnügungen, in den Blicken der Freunde, in der Liebe der Frauen. In den Sünden des Fleisches und Blutes, im Ruhm des Alkohols.

Es gibt auf dieser Erde eine ungeheure Liebesenergie. Das ganze Universum betrinkt sich in den Hafenkneipen, am Saft, der in großen Mengen von den Bäumen rinnt, am Rieseln des Regens, am Wein des unendlichen Raums.

Ich kehre heim nach Thule, nach Atlantis, nach Tír na nÓg, nach Eden, und es wird das Paradies sein. Und meine entflammte Seele wird sich mit Musik löschen.

Die Wut darüber, eine Faust im Hirn zu haben,

aber nicht sagen zu können, was ich sehe. Fährleute der Unendlichkeit, unsere Boote sind zu zerbrechlich. Aber Ihr, meine Göttlichen, rüstet Eure Seelen für die hohe See!

Für die Natur hegte ich eine unbändige Liebe. Jeden Tag erfahren, das Licht grüßen und mich bedanken, dass es da ist. Nichts stirbt. Alles ruht in allem.

Mein Leben war immer eine unsichtbare Abreise nach irgendwo anders, hin zu irgendjemandem. Manchmal war es bitter und herzzerreißend. Spirituelles Risiko: verharrende Seelen sind tote Seelen.

Ihr Großbürger in euren verfaulten Betten, in eurem Komfort aus Geld und Moral, ihr habt nie die große Weite angesteuert. Vielleicht wärt ihr jetzt verdammt, wenn nicht Poeten und Heilige mit ihrer Sehnsucht nach dem Unermesslichen eure Seelen retten würden.

Weit gehen, weit, weit, weit. Das ist die Berufung des Menschen. Ich bemitleide die im Geiste sesshaften. Sie haben ihre Seelen verschlossen. Sie verstauben.

Ich kehre zurück zum prächtigen Königreich und trage mit mir die Erinnerung an glückliche Tage. Und ich erwarte in dunkler Nacht den großen Tag der Zimbeln und der Parusie, wenn ich mit meinen Knochen und meinem Körper auferstehen werde, um den Weg, die Wahrheit und das Leben zu preisen.

Das Christentum, meine Göttlichen, ist ein langer Atem. Eine Ausweitung der Seele. Ein Fluss. Ein breiter und mächtiger Fluss der Liebe. Ihr werdet darin baden.

Ich kehre zurück, ich löse mich auf, in der Liebe der Sterne und Welten, und ich treffe meine verstorbenen Verwandten wieder, bevor ich mit ihnen im Land der Unvergänglichkeit neu leben werde.

Ich werde wiederkehren mit meinem Brotbeutel voller Tränen, Bücher und Träume, und dann verschlinge ich meinerseits das Unbekannte, in einer unfassbaren und unendlichen Umarmung. Ich kehre wieder mit der Erinnerung an Landschaften und Völker. Mit dem Singen der Meere, dem Tanz der Galaxien, dem Überschäumen der Flüsse.

Geben, sich hingeben, wir alle sind in der Hand des großen Liebenden, und die ersten dahingestammelten Verse unserer Anbetung sind die ersten Momente unserer Würde.

Gott gebe ich mich hin. Es ist Juni. Vögel landen im Obstgarten.

September 69 – Juni 70

Anmerkungen

Seite 53: Gebete mit leichter Anpassung ans neuere Deutsch und ans französische Original zitiert aus: Carl von Eckartshausen: Katholisches Les- und Bethbuch: aus den heiligen Psalmen der Schrift gesammelt, zum Gebrauch meiner Mitbürger, München 1783.

Seite 54: Gebet mit leichter Anpassung ans französische Original zitiert aus: Kleiner Katechismus des katholischen Glaubens, 3. Hauptteil – von den Gnadenmitteln, Gebete.

Seite 80: Pedit evidomp: Bretonisch für *Bete für uns.*

Seite 99: Théodore Hersart de La Villemarqué: «Les Séries, ou le Druide et l'enfant»; Barzaz Breiz; Didier et Cie, 1883 (pp. T-18). Übersetzt von Raoul Schrott in: »Zwischen den Zeilen«, Eine Zeitschrift für Gedichte und ihre Poetik, Heft 7/8 (März 1996), herausgegeben von Urs Engeler

Xavier Grall

Das Fest der Nacht

Roman

160 Seiten, Paperback, ISBN 978-3-936950-61-8, 14,90 €

Der Roman *Das Fest der Nacht* folgt Arzhel, dem Sänger der bretonischen Unabhängigkeit, in sieben Bildern. Der Regionalismus erlebt in der Folge des Pariser Mai 1968 einen Aufschwung. Doch es ist ein letztes Aufflackern. Durch ein Fanal der politischen Gewalt will Arzhel die herrschende Ordnung mit sich untergehen lassen. Die Erzählung *Der eingebildete Barde*, der die Sehnsucht nach der bretonischen Kultur und den Verrat an Frankreich wieder aufgreift, ergänzt diese Ausgabe, wie schon die französische Ausgabe von 1979 im Verlag Mazarine.

Xavier Grall, 1930-1981, provoziert hier sowohl seine bretonischen als auch seine französischen Landsleute. Dem kulturellen und wirtschaftlichen Abstieg, dem Verschwinden regionaler Identität setzt er den Aufstand gegen die französische Zentralmacht entgegen. Grall verschrieb sich dem Wiederaufleben des Regionalismus an dem historischen Scheitelpunkt der späten Sechzigerjahre. Bis heute resultiert daraus sein Ruhm als Nationaldichter der Bretagne.

Xavier Grall

Angst und Zauber

Roman

152 Seiten, Paperback, ISBN 978-3-936950-26-7, 14,90 €

Casablanca, 50er Jahre: Der Bretone Enrico soll für die Geheimorganisation OS ein Attentat verüben. Als die minutiös geplante Tötungsaktion zum Blutbad gerät, ist sein eigenes Leben in Gefahr. Er flieht vor den Sanktionen seiner Auftraggeber. Zugleich treibt ihn die verzweifelte Suche nach einer Entlastung seines Gewissens quer durch Nordafrika.

Xavier Grall, wie Enrico aus dem Finistère, wurde als Reservist zum Algerienkrieg eingezogen. Er schildert die stetig wachsende Bedrohung sowie das Streben nach Erlösung seines Protagonisten in einer Sprache, die in Intensität, Bildhaftigkeit und Drastik an Célines düstere »Reise ans Ende der Nacht« erinnert.

www.conte-verlag.de